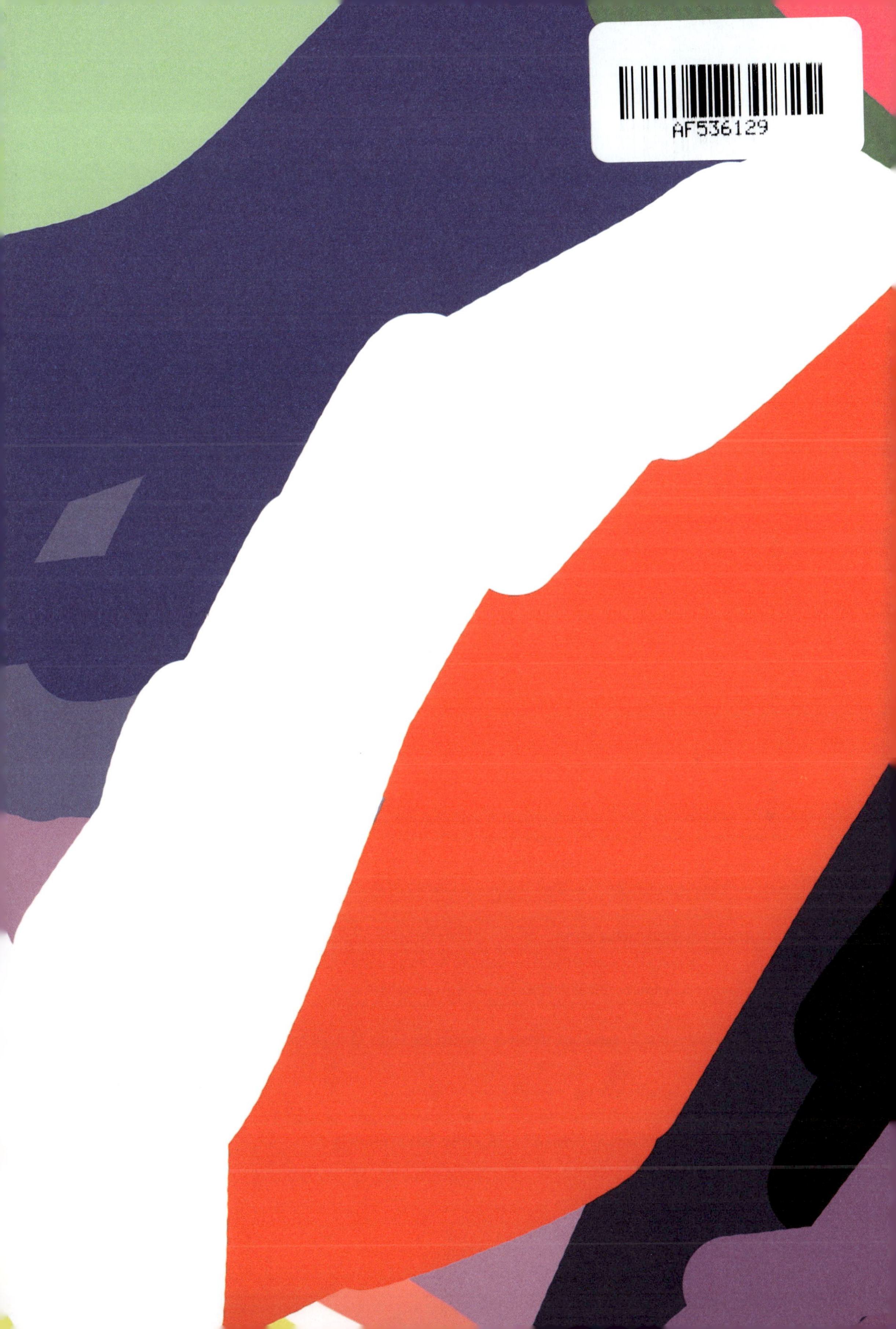
AF536129

Bibliografische Informationen der Deutschen Nationalbibliothek
Die Deutsche Nationalbibliothek verzeichnet diese Publikation in der Deutschen Nationalbibliografie; detaillierte bibliographische Daten sind im Internet über http://dnb.dnb.de abrufbar.

Zentral- und Landesbibliothek Berlin
Die Zentral- und Landesbibliothek Berlin sammelt als Archivbibliothek des Landes Berlin alle in Berlin erschienenen Medienwerke. Diese Publikation ist dort verzeichnet.

ISBN 9-783-946972-34-1 **Autor** Dirk Meissner **Vorwort** Ivo Ringe **Lektorat** Andreas Illmann

© Dirk Meissner, Schaltzeit Verlag, www.schaltzeitverlag.de

Druck Grafisches Centrum Cuno GmbH & Co. KG, Calbe **Satz** Bernd Held

Sagen Sie jetzt nicht, das ist Kunst ...

Cartoons von
Dirk Meissner

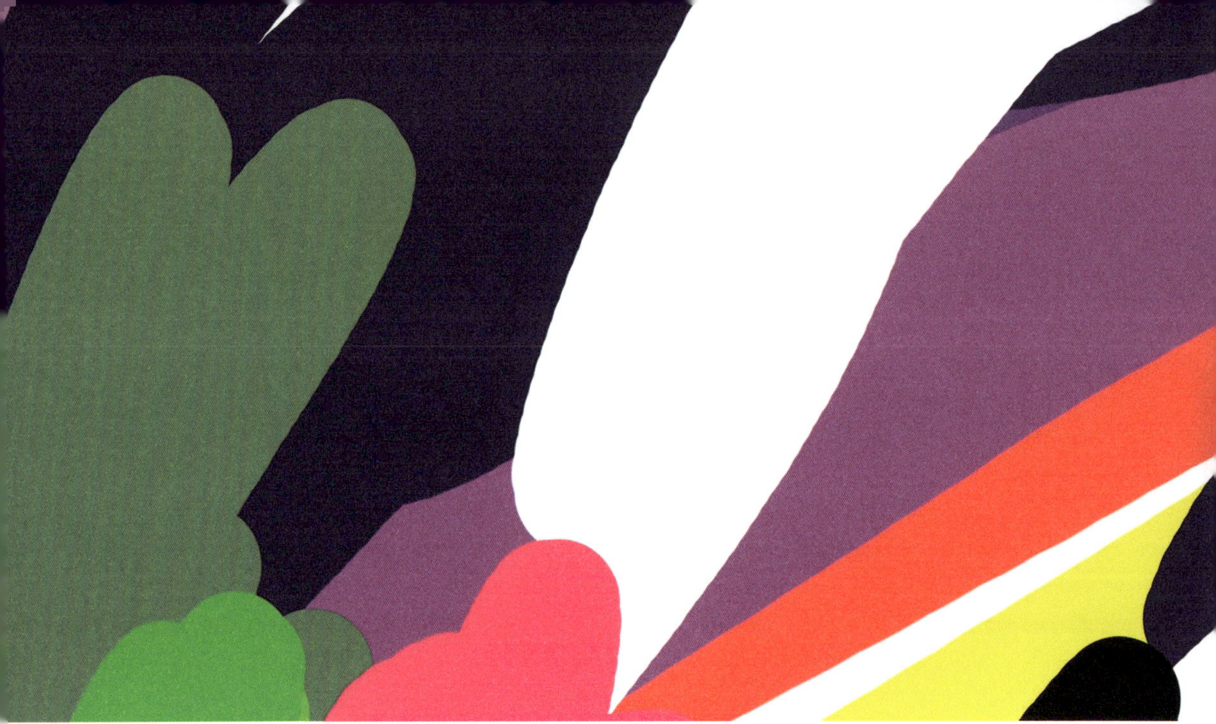

Achtung!

Bin ich das? Da blättere ich durch dieses Buch voller Cartoons über die Kunst und werde das Gefühl nicht los, mir wird ein Spiegelbild vors Gesicht gehalten. Die Kunst als Witz und der soll ich sein? Sorry, aber das geht doch gar nicht!

Das Ganze gezeichnet und betextet von einem listigen, freundlichen Schelm: Dirk Meissner. Mit wenigen, freien, frechen und wohlgesetzten Strichen verwandelt er das Spiegelbild der Modernen Kunst durch seinen Schabernack in eine spiegelglatte, brüchige Eisfläche. Bevor man sich versieht, knallt man auf den Allerwertesten. In dieser schmerzhaften Lage bleibt einem nichts anderes übrig, als genauer hinzuschauen.

Als Sammler und Kenner von Kunst ist Dirk Meissner mit dem, was er da macht sehr vertraut. Nur so kann sein subtiler Humor, können seine verblüffenden Pointen, die er mitleidslos setzt, so treffend sein. Verwundert höre ich, gegen meinen Willen, mein

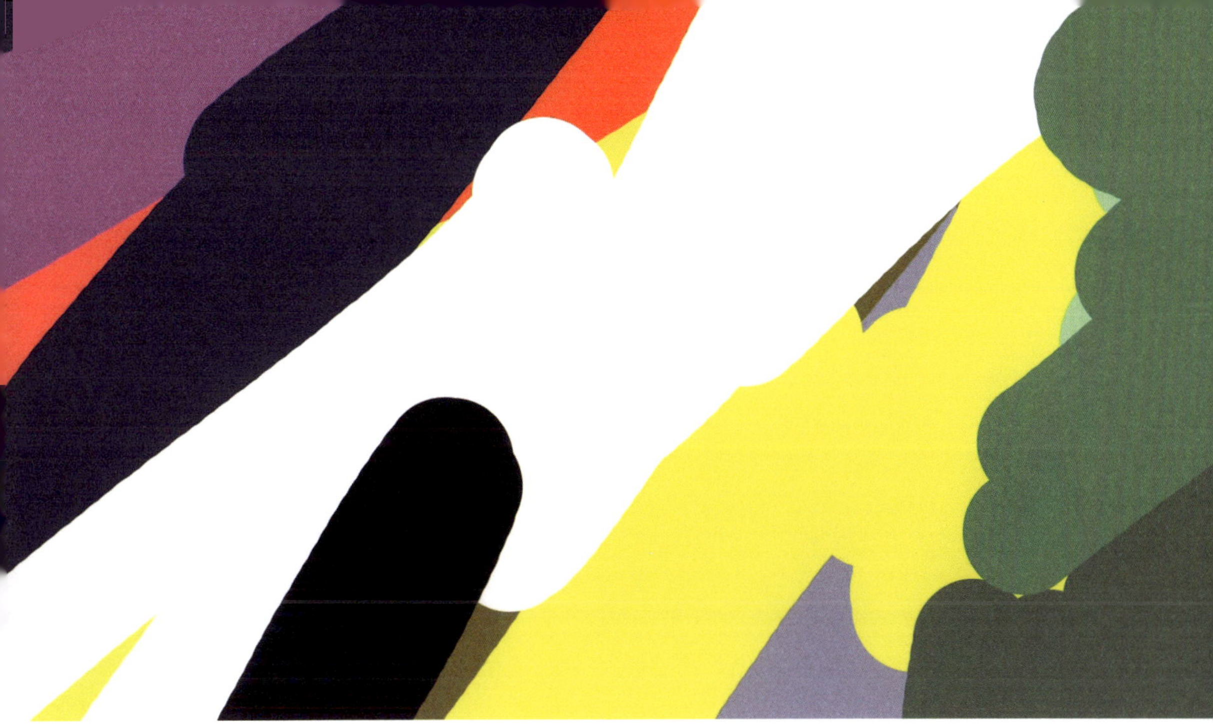

eigenes, herzhaftes Lachen. Wie ist das möglich? Darüber lässt sich vermutlich lange philosophieren, aber was sich mit Gewissheit sagen lässt, seine Arbeiten treffen offenbar einen wahren Kern und unterscheiden sich damit vom harmlosen Klamauk. Dem muss man sich stellen.

So bleibt die Erkenntnis: Künstler, Sammler, Museumsdirektoren und -besucher, Galeristen und Kunstkritiker, sie alle sind letztlich auch nur Menschen. Und so sind Meissners Werke immer auch ein Plädoyer für die Menschlichkeit, verbunden mit der Botschaft, sich selber nicht so wichtig zu nehmen.

Jetzt werde ich versuchen, auf allen Vieren die Eisfläche zu verlassen. Wir sprechen uns, wenn ich das rettende Ufer erreicht habe.

Ivo Ringe

Kunst an der Grenze zur Arbeitsverweigerung.

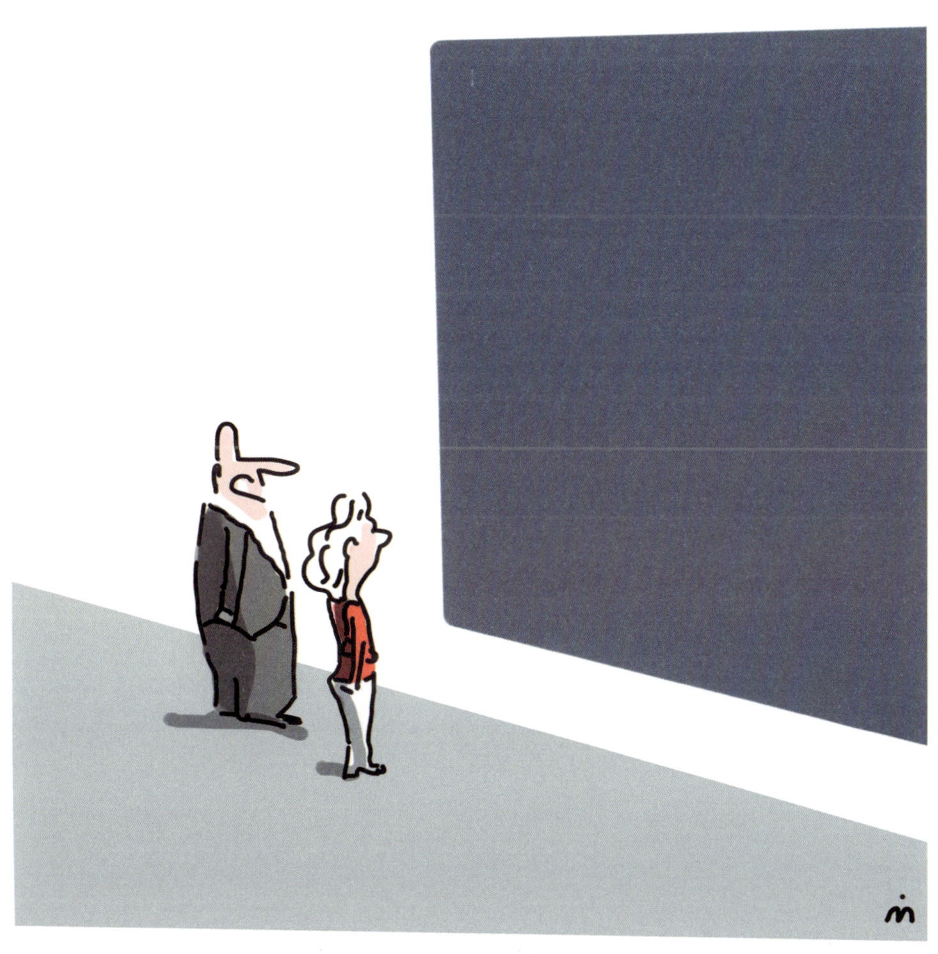

Ob das Kunst ist, schwer zu sagen. Vielleicht steht ja was auf der Rückseite.

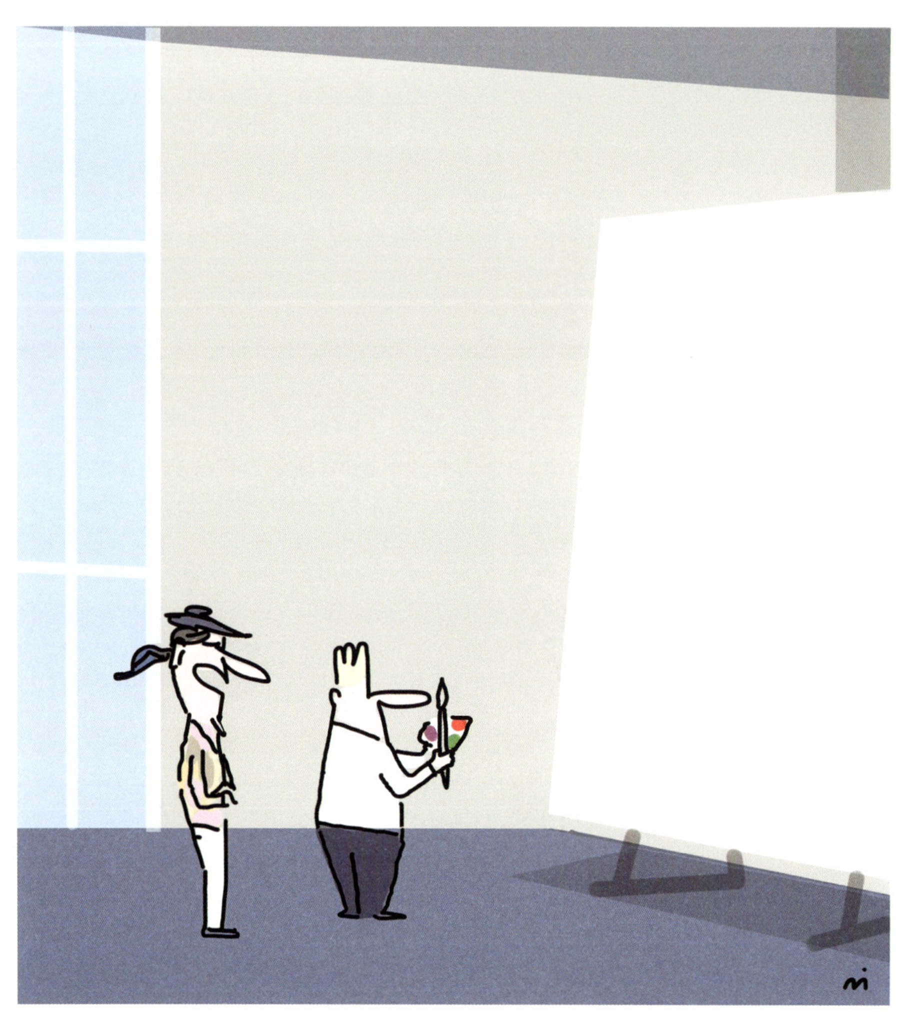

Legen Sie einfach los. Von Kunst keine Ahnung zu haben, ist in der Regel von Vorteil.

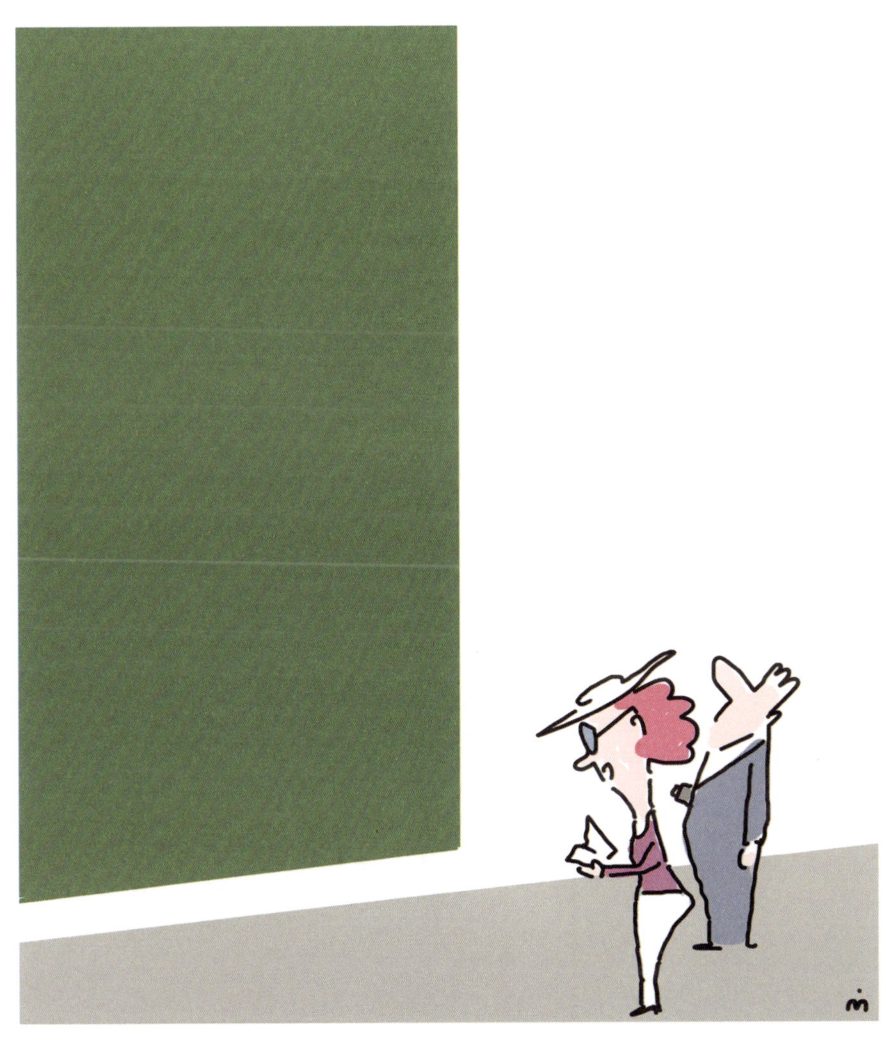

Der Titel des Bildes lautet „Himmelblau" und es geht um die Freiheit der Kunst.

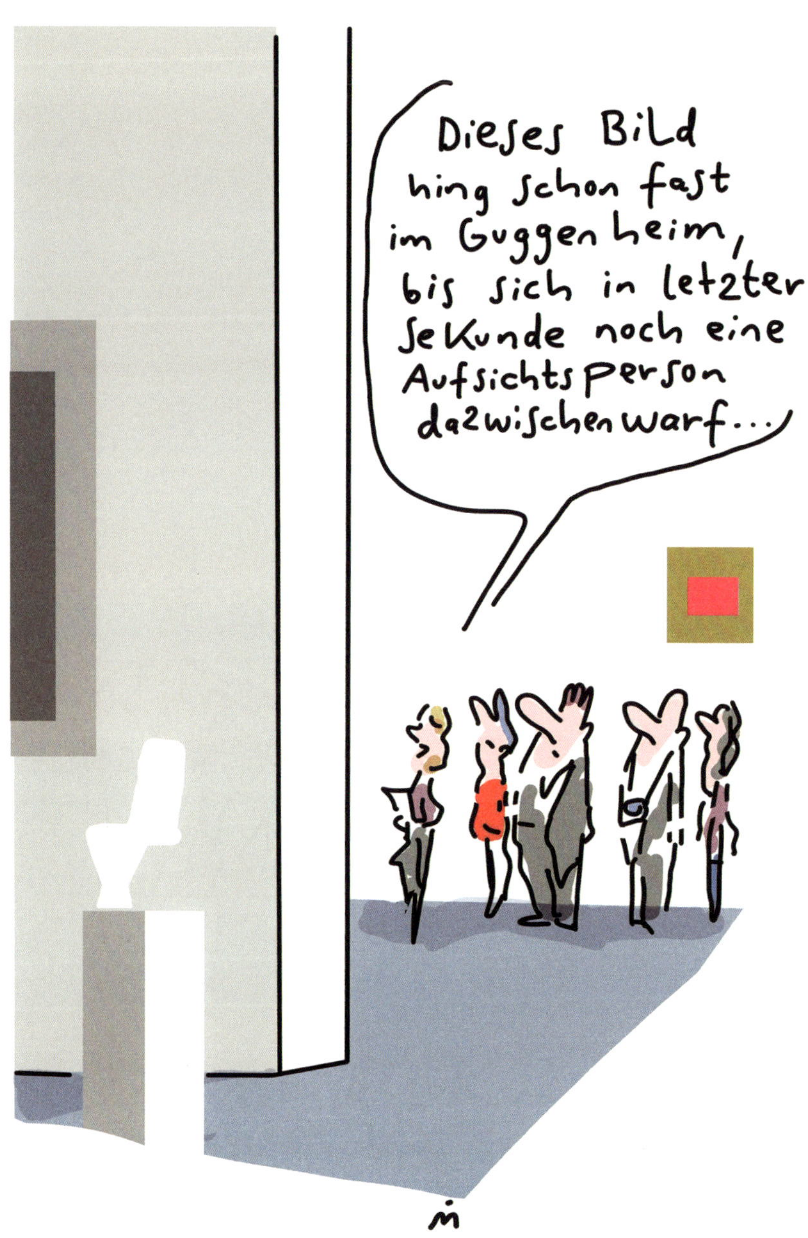
Dieses Bild hing schon fast im Guggenheim, bis sich in letzter Sekunde noch eine Aufsichtsperson dazwischenwarf...

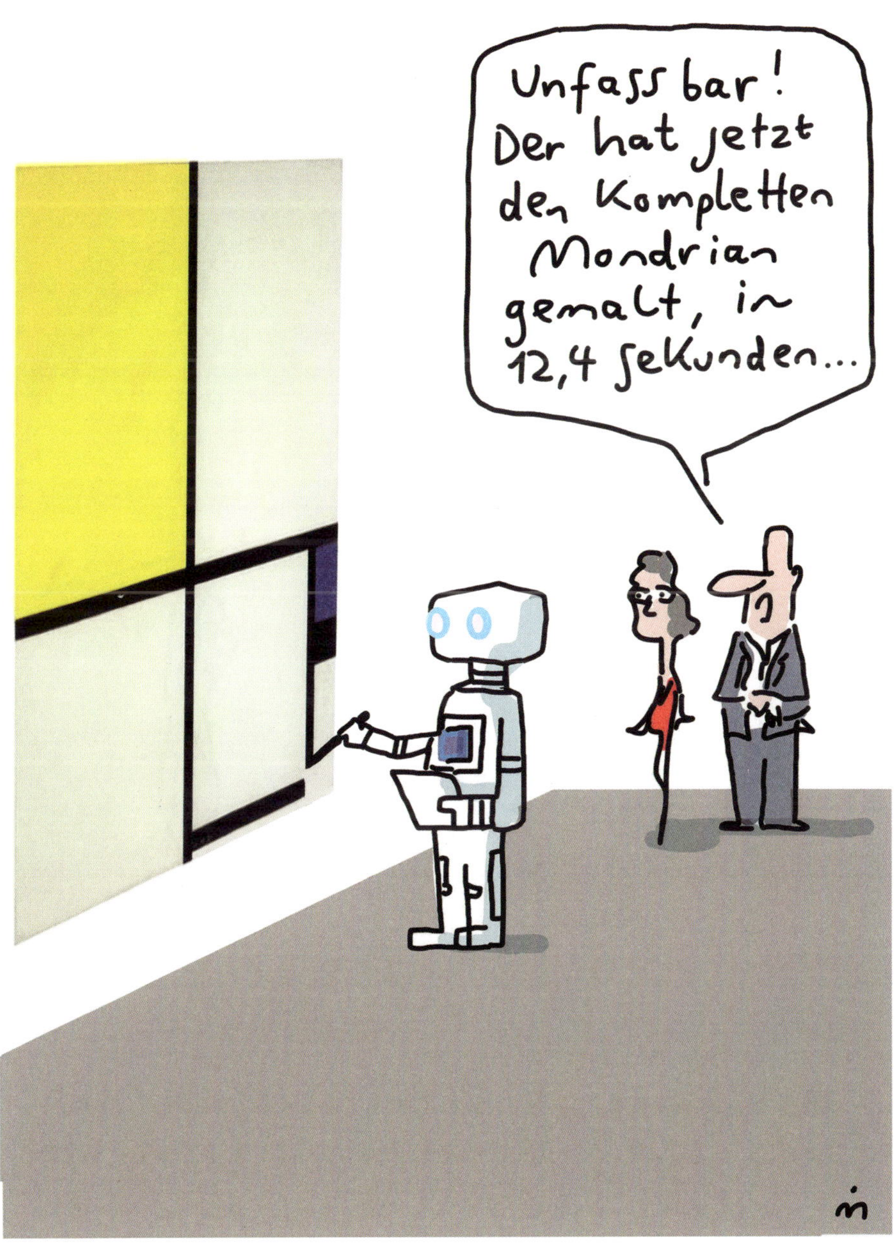
Unfassbar! Der hat jetzt den kompletten Mondrian gemalt, in 12,4 Sekunden...

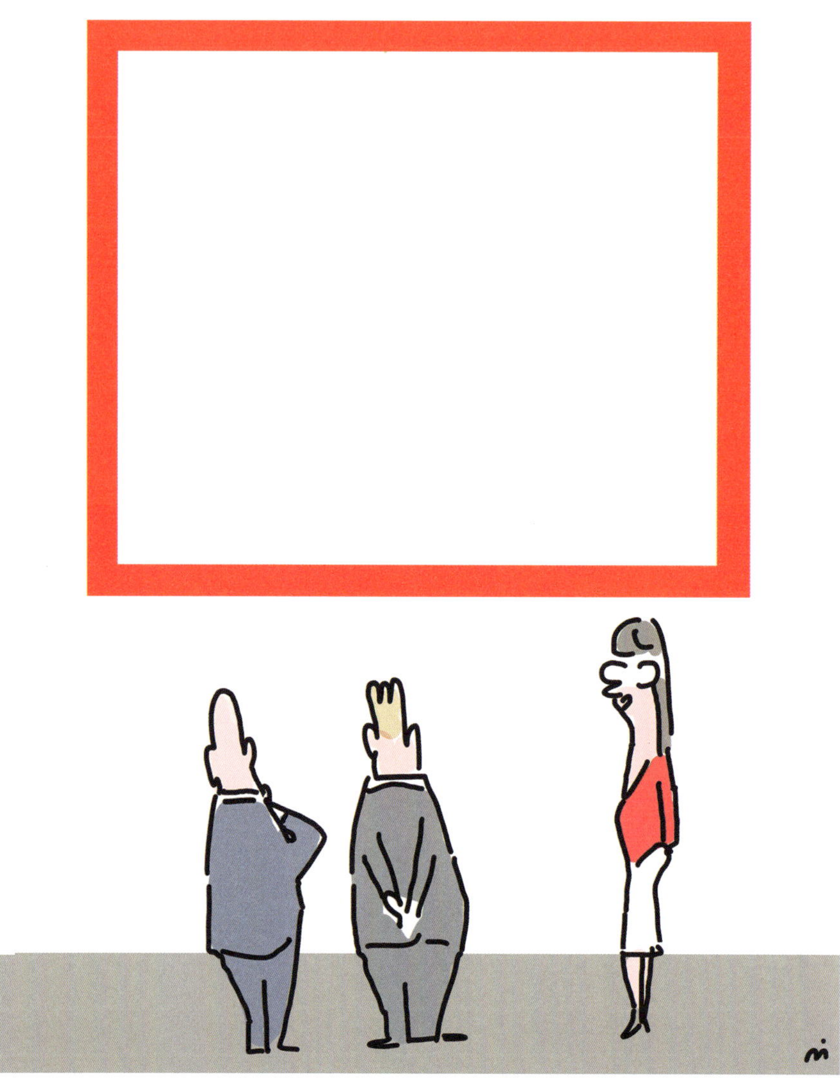

Mathematisch betrachtet, ist das kein Kreis. Künstlerisch betrachtet, besteht Interpretationsspielraum.

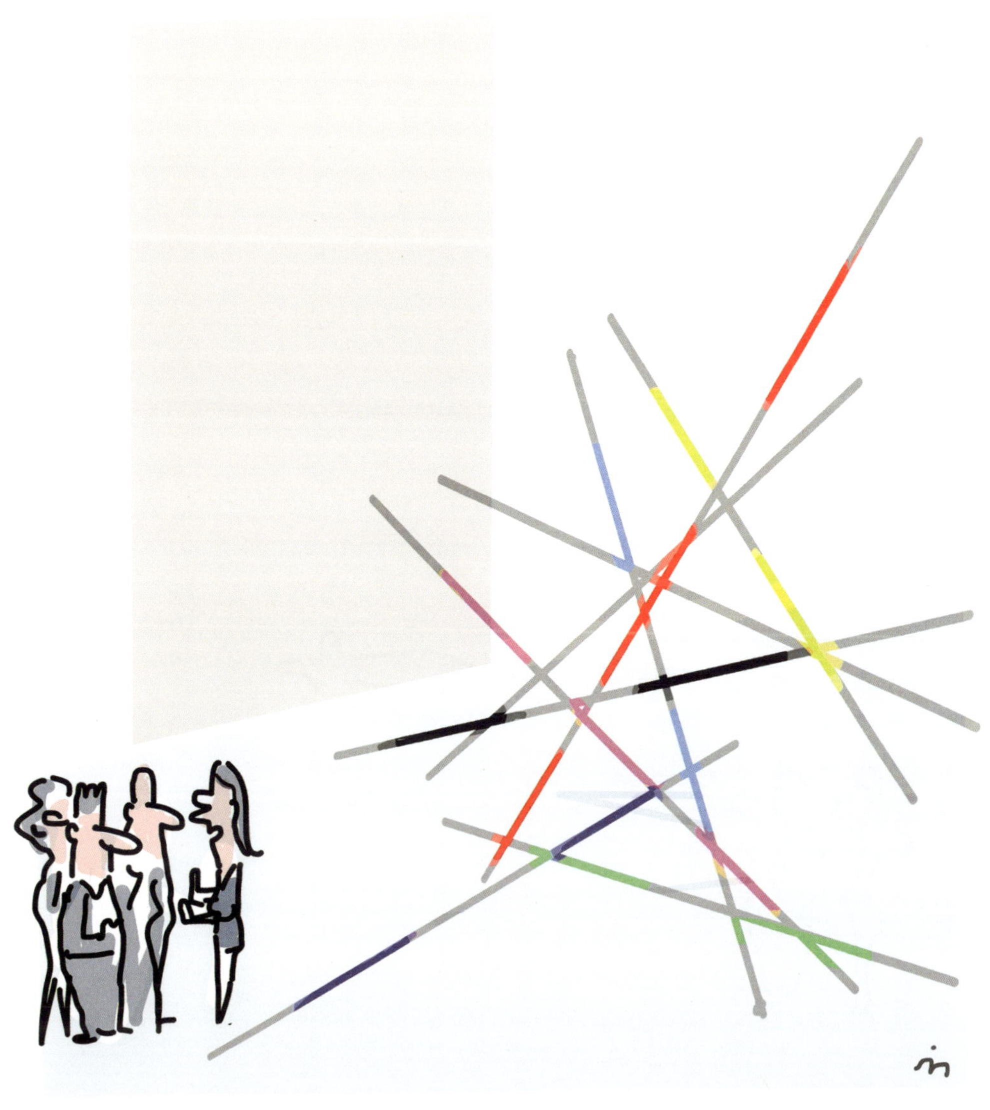

Die Finanzierung solcher Kunstwerke ist nicht einfach. Erfahrungsgemäß zahlt am Ende irgendeine Versicherung...

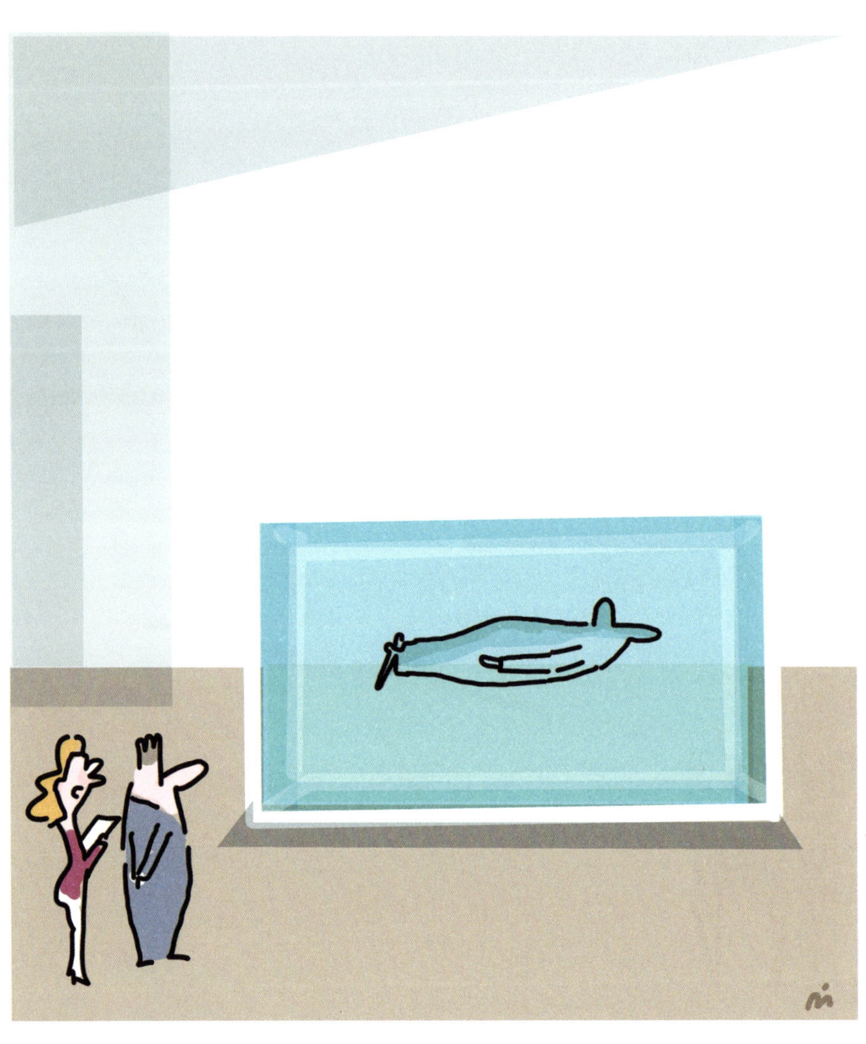

Der Tigerhai war ok... aber ich finde, mit dem Museumsdirektor übertreibt er's jetzt.

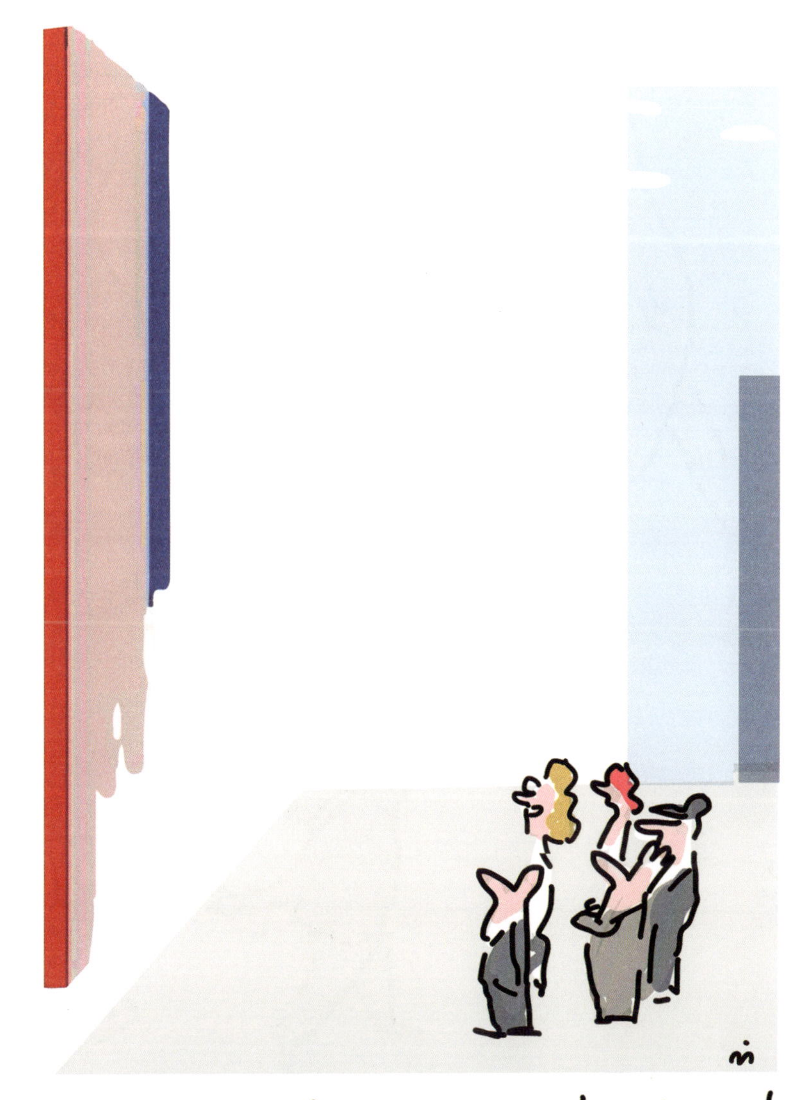

Man spürt sehr schön, mit wieviel Elan der Künstler anfängt und dann später völlig unterzuckert abbrechen muss.

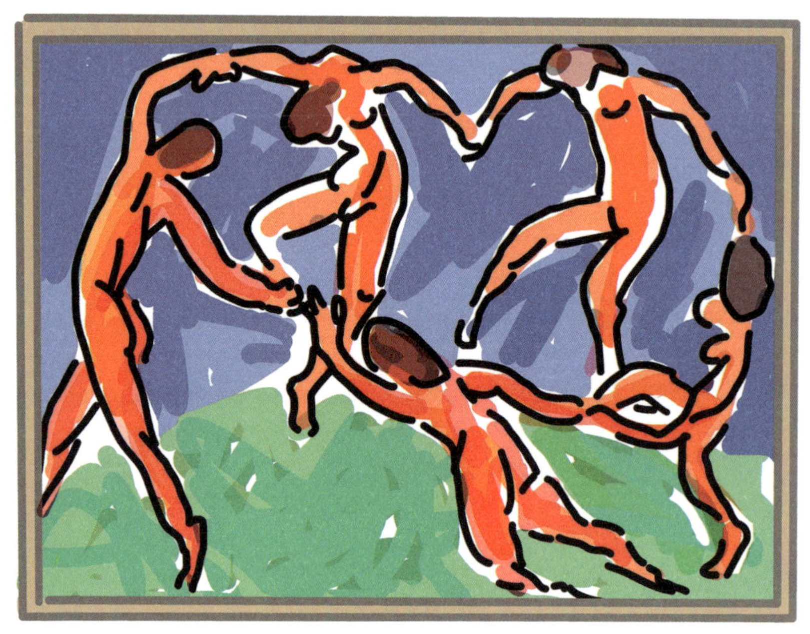

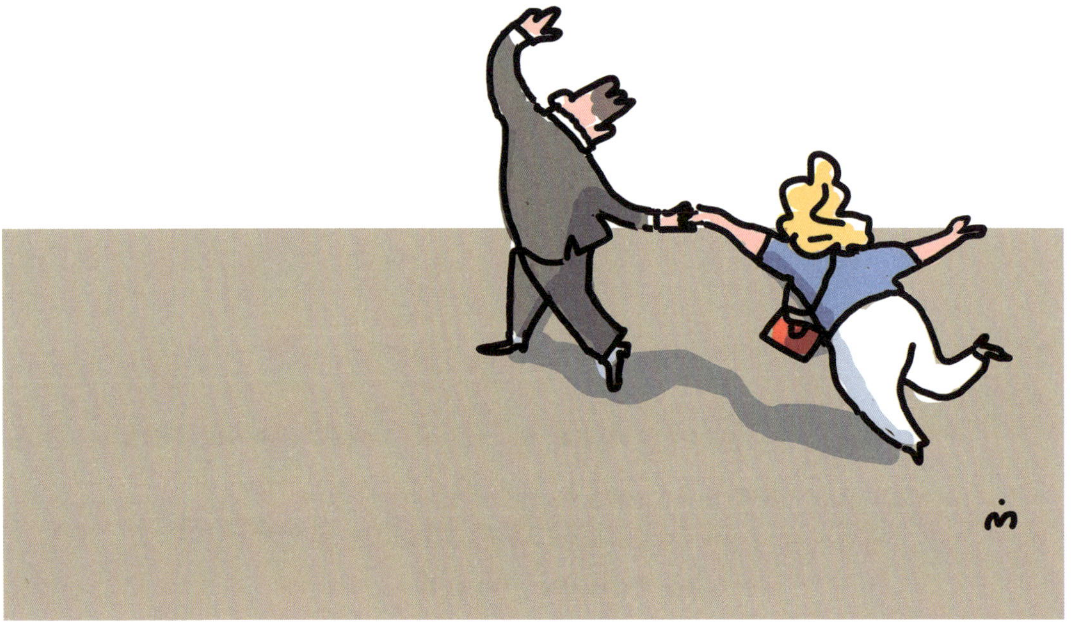

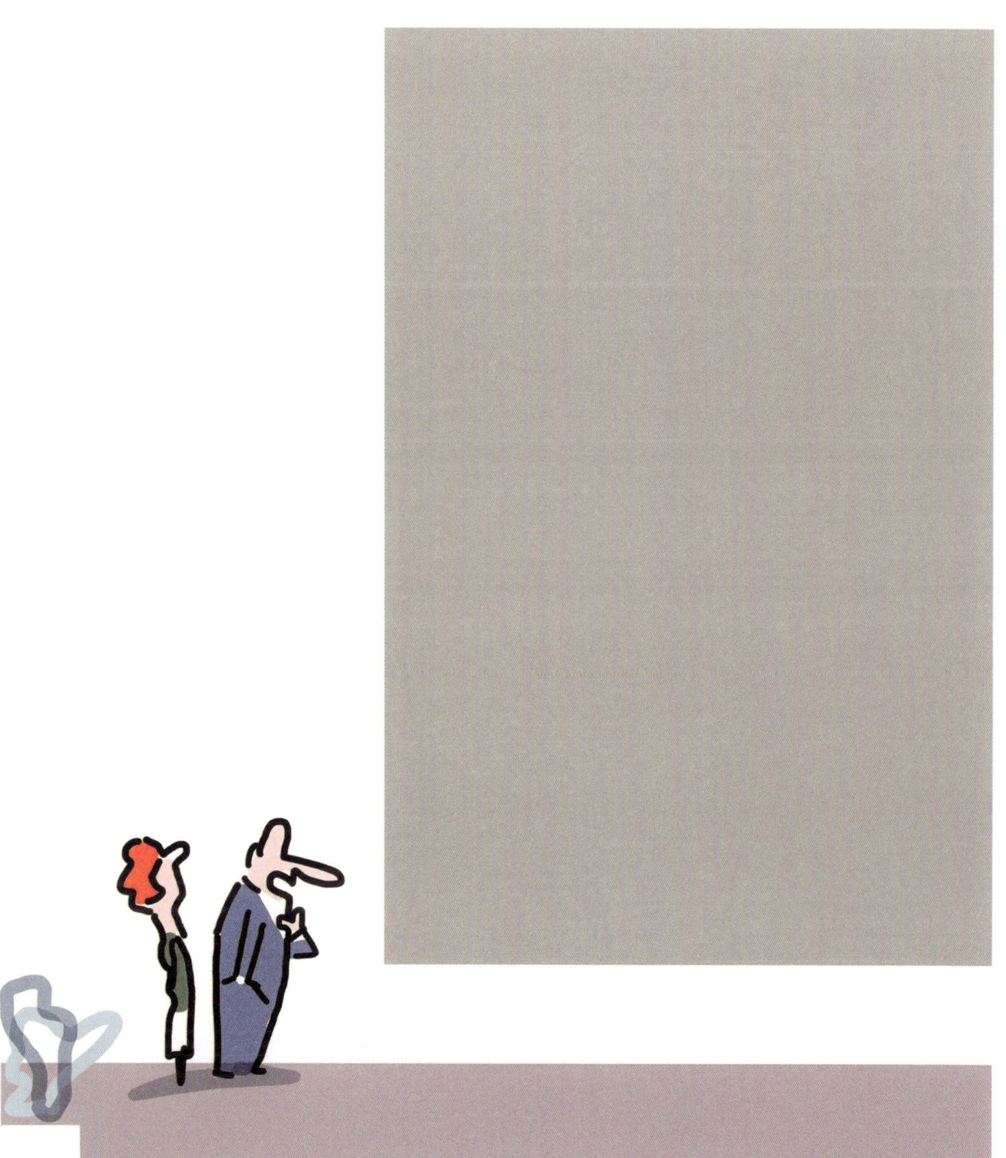

Natürlich ist das Grau gewollt.
Sonst wäre es keine Kunst.

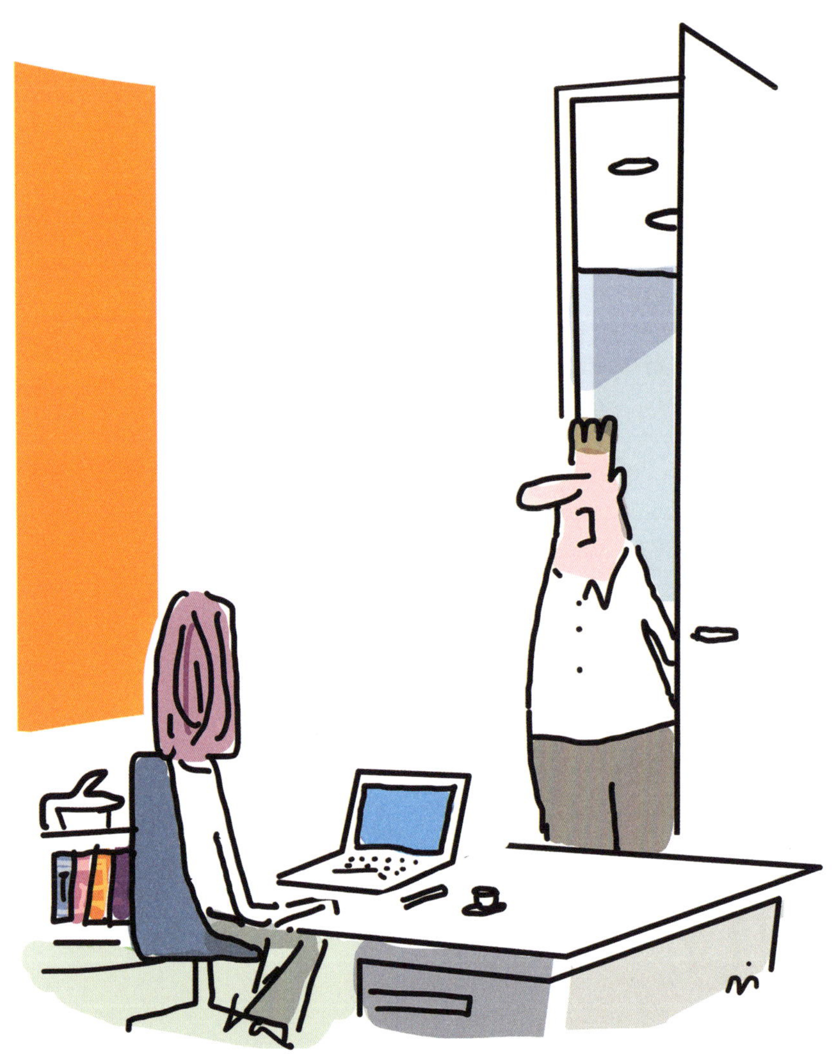

Heute morgen kam ein Paket von Christo. Ich hab's schon mal ausgepackt.

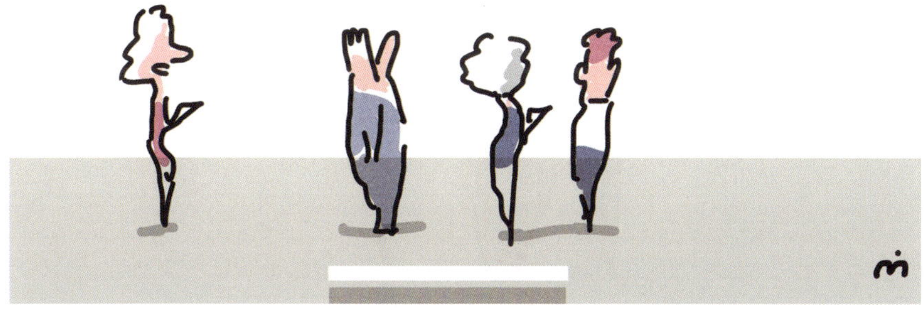

Es gibt immer wieder Versuche,
Humor in die Kunst zu integrieren.
Dieses Bild zum Beispiel hängt
auf dem Kopf.

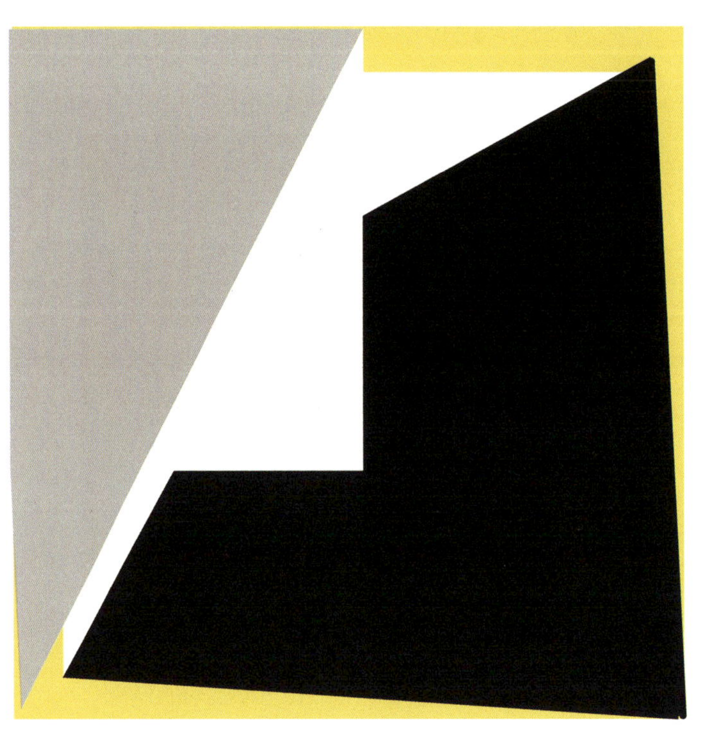

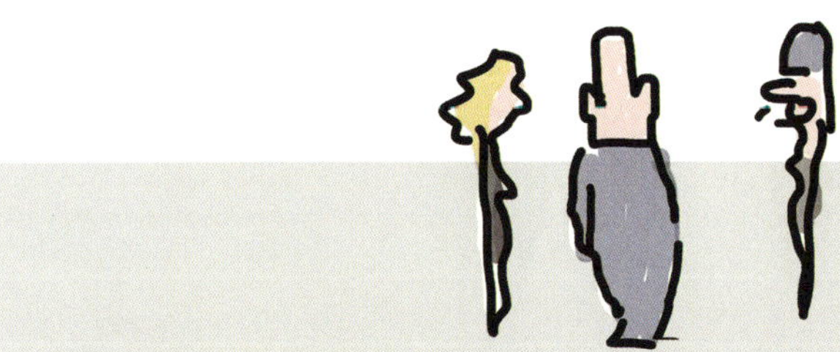

Sein Thema ist das Quadrat,
aber er versucht immer wieder,
auszubrechen.

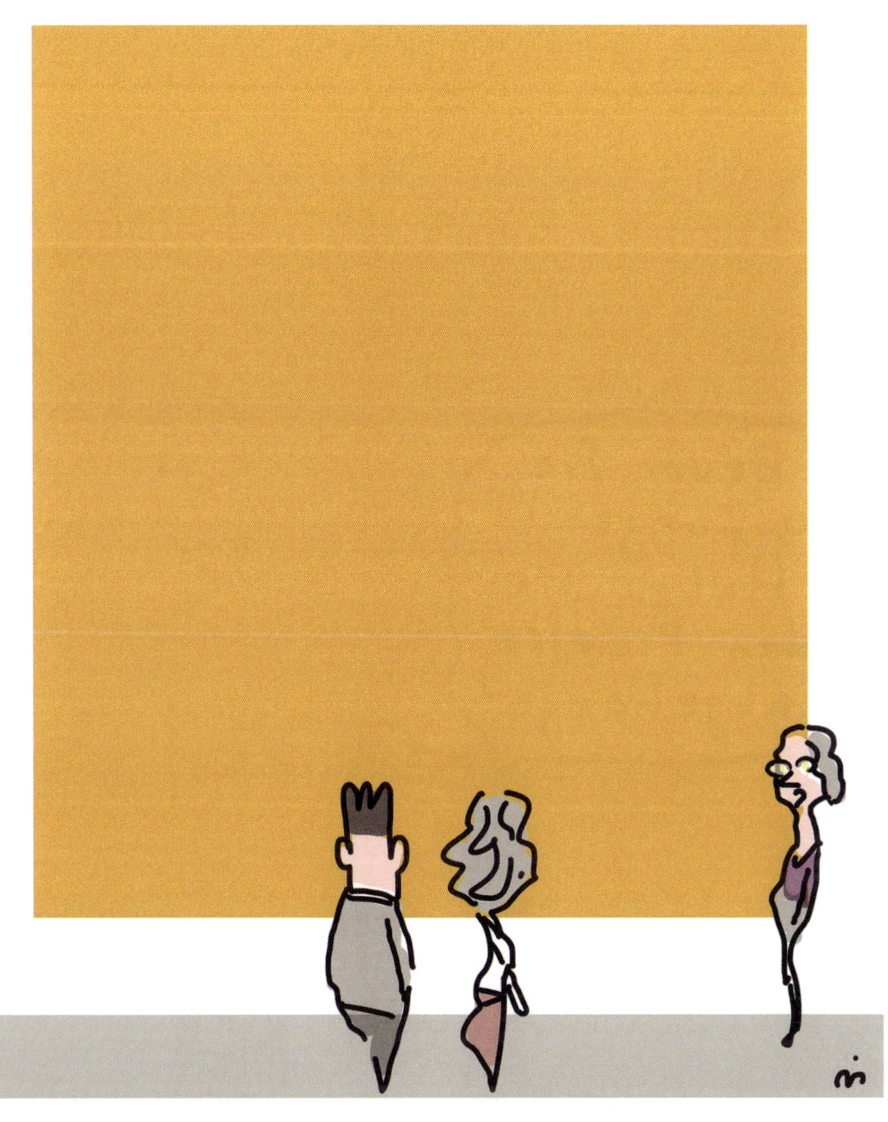

Das ist der Punkt. Die Wirkung differiert, je nachdem ob Sie vorher ein rotes Bild gesehen haben, oder ein grünes...

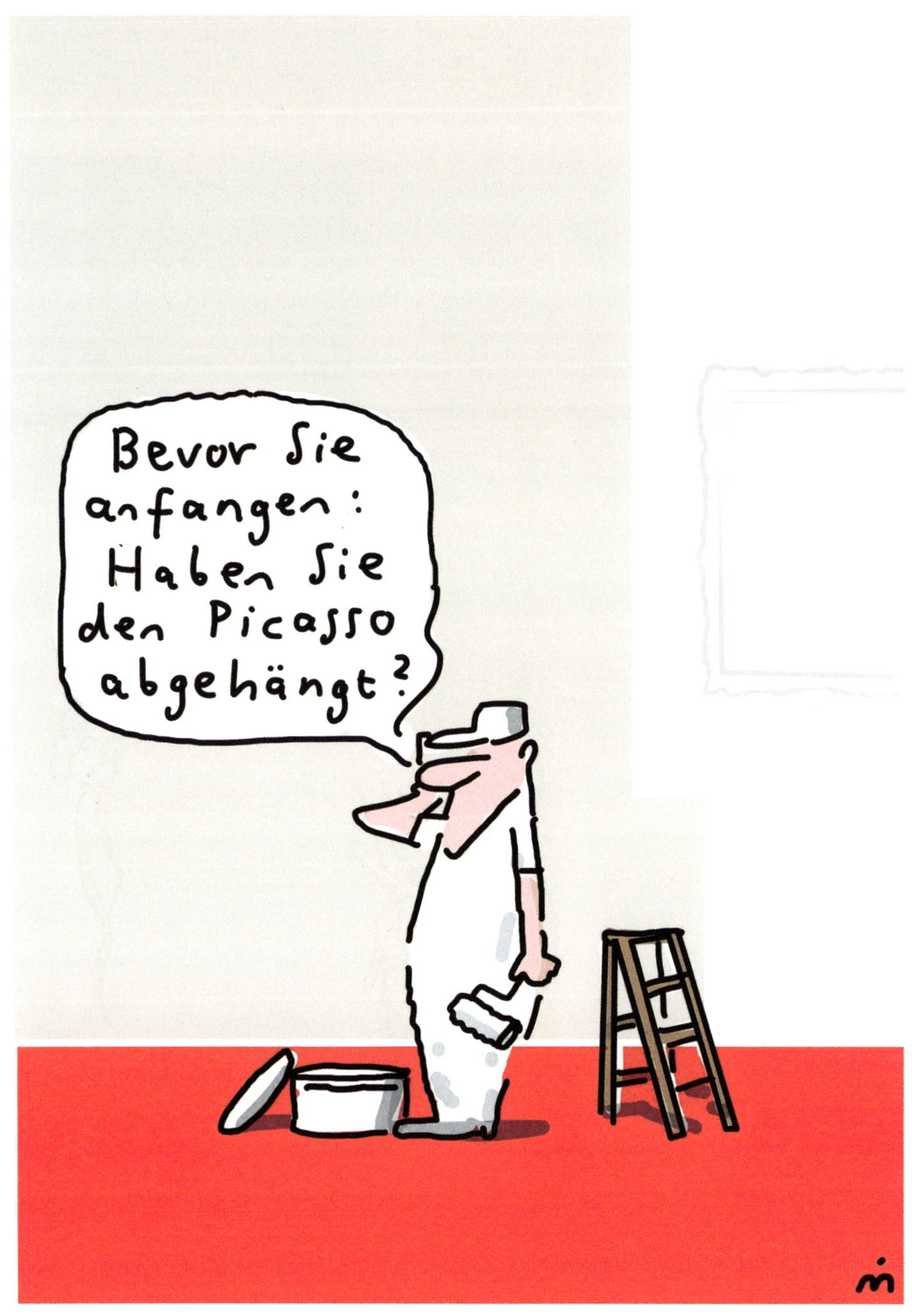
Bevor Sie anfangen: Haben Sie den Picasso abgehängt?

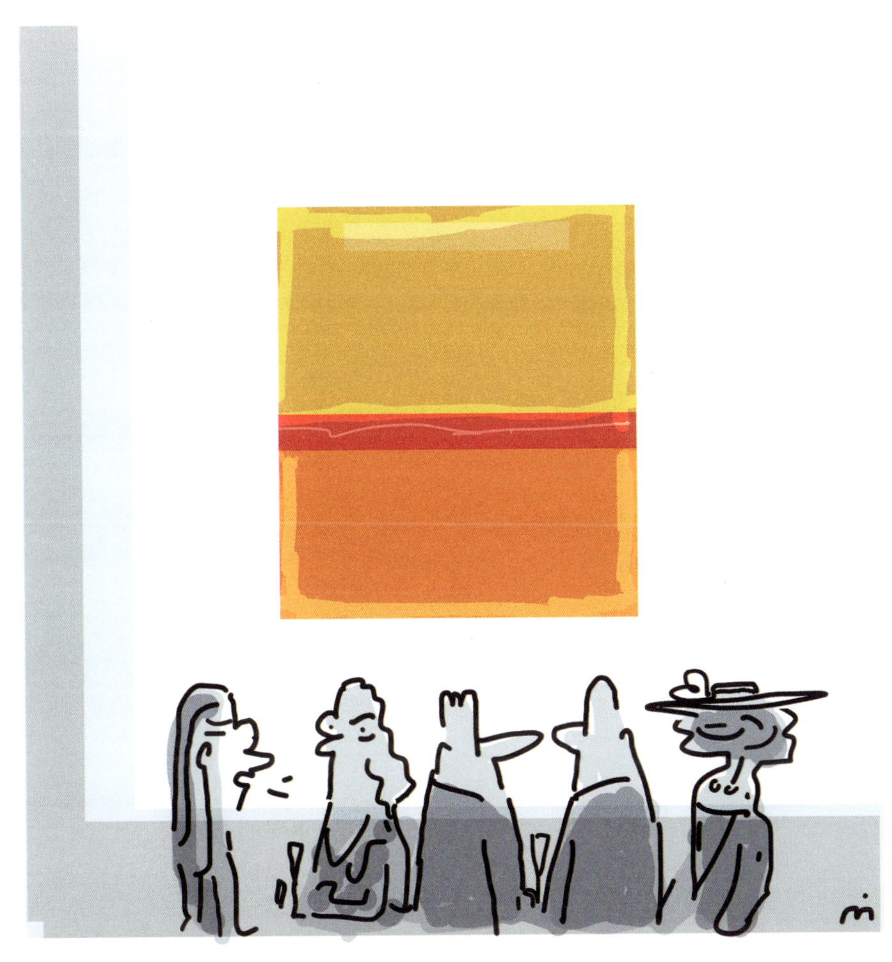

Vielleicht sagen Sie es Ihrem Mann bei Gelegenheit: Der Künstler heißt Rothko – nicht Klitschko.

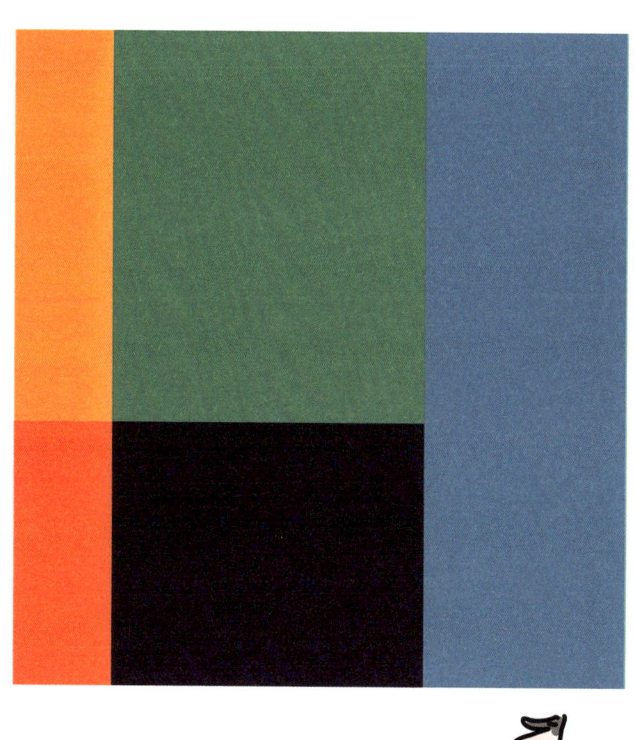

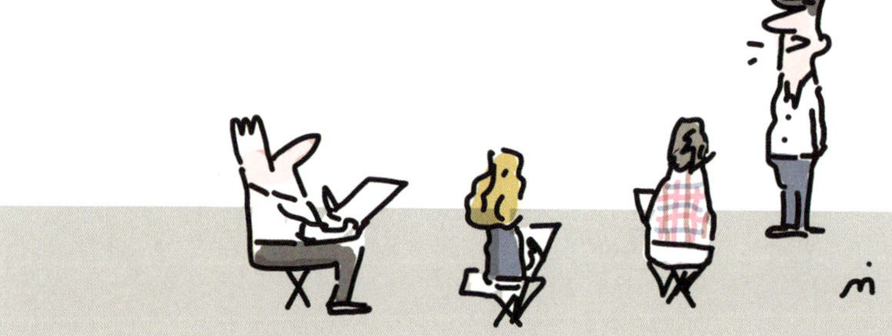

Nachdem wir die Abstraktion kennengelernt haben, versuchen wir heute, das Bild zurück-zuverwandeln in eine Frau.

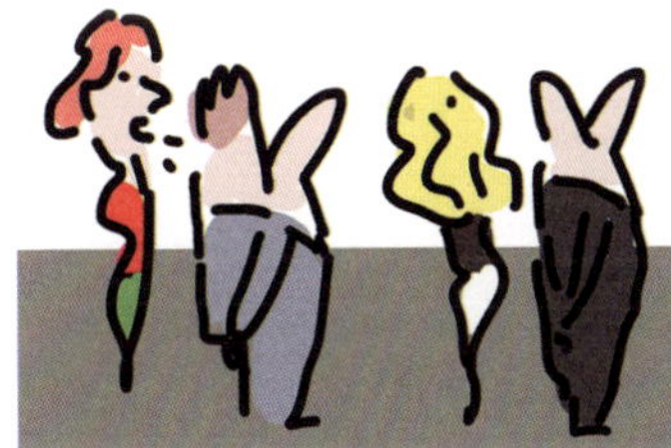

Wenn Sie jetzt glauben, es gäbe
nur einen Weg in der Kunst,
kommen wir hier zu einer
Arbeit von Ivo Ringe.

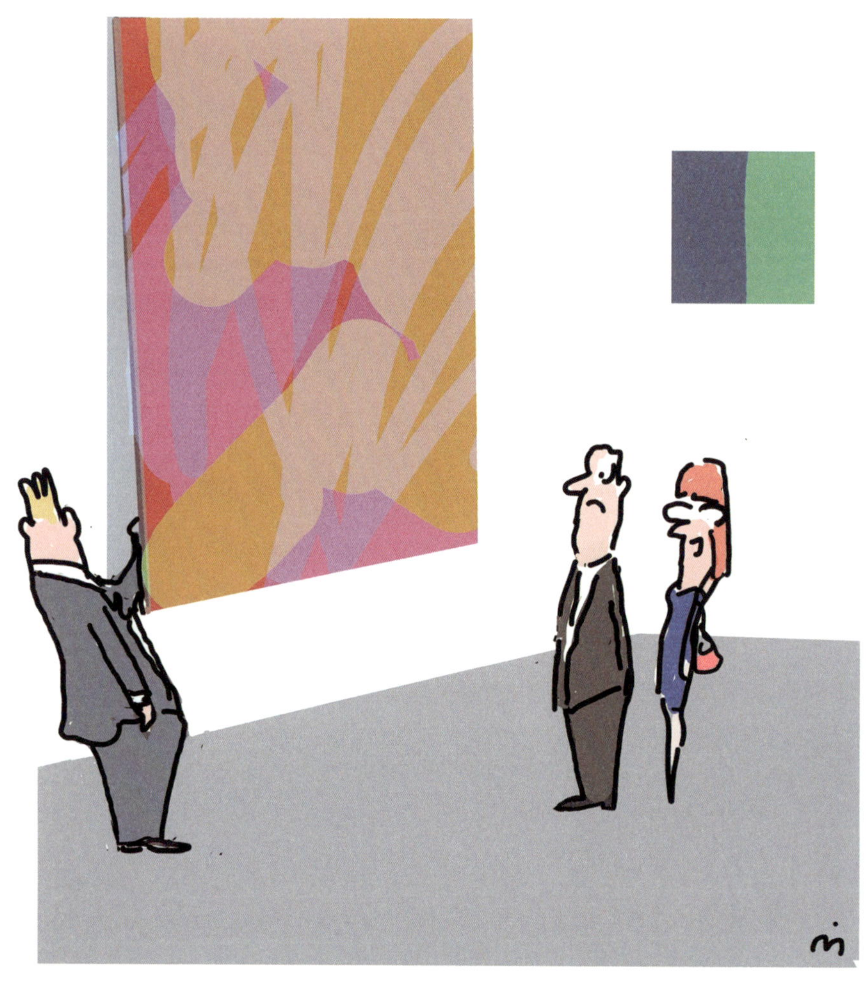

Mein Mann ist so furchtbar...
Hinter jedem Bild vermutet er
einen Tresor.

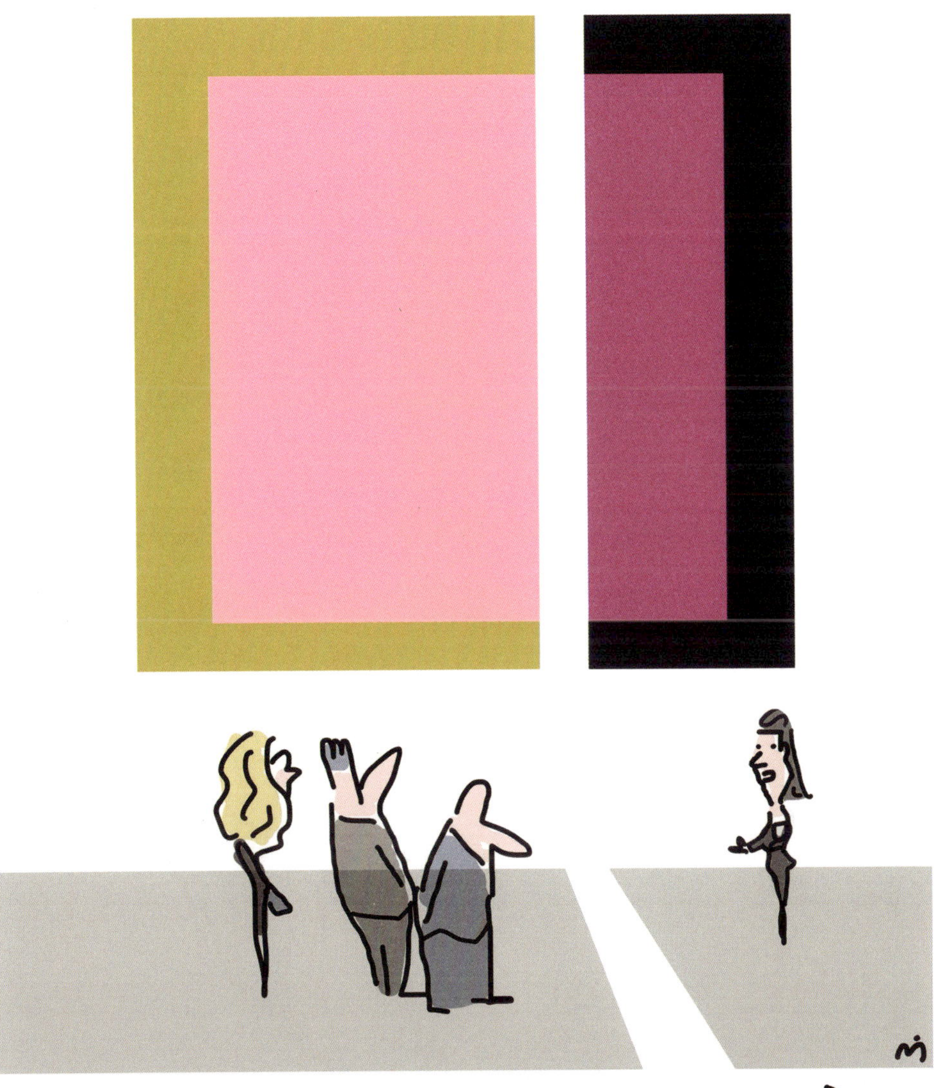

Was will uns der Strich sagen?
Bleiben Sie nicht stehen, sondern
ziehen Sie Ihr Ding durch!

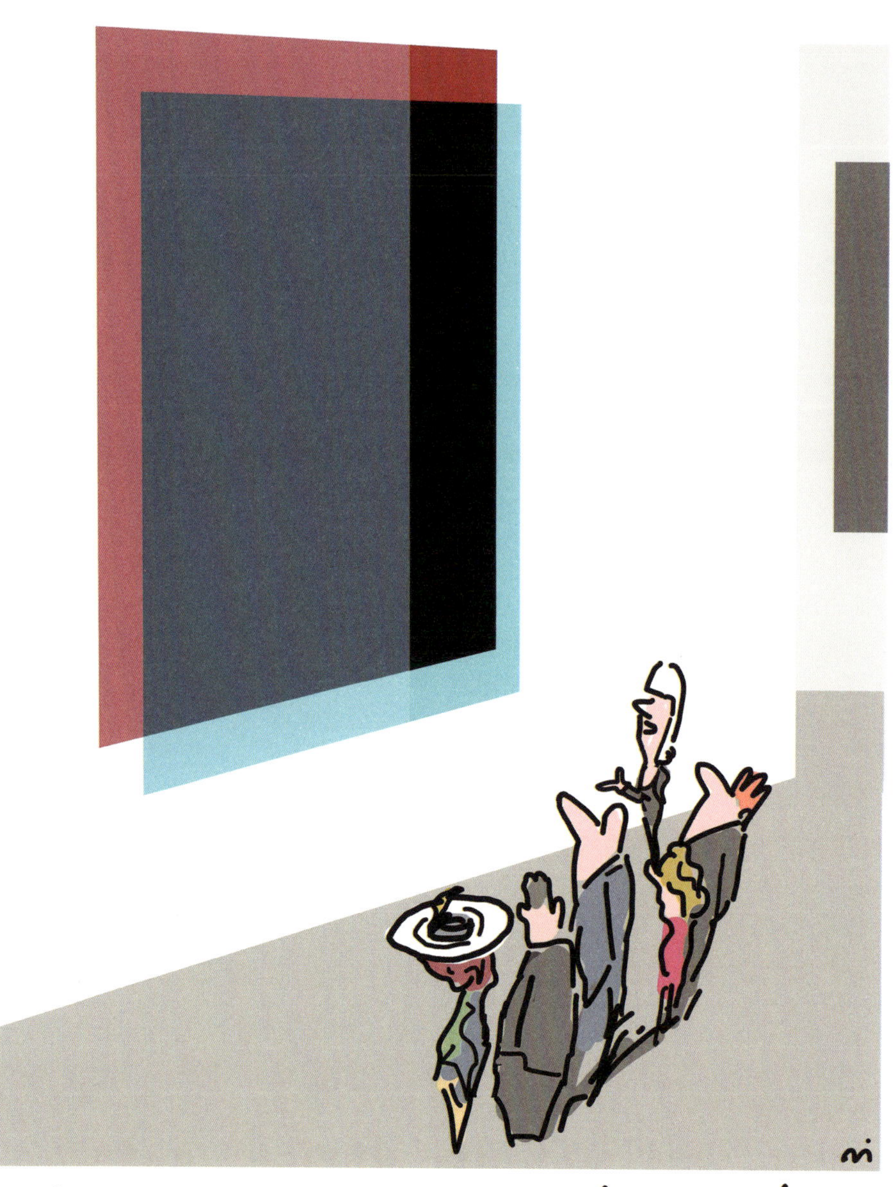

Nehmen wir an, das ist Kunst.
Was ist mit den weißen Ecken
oben rechts und unten links?

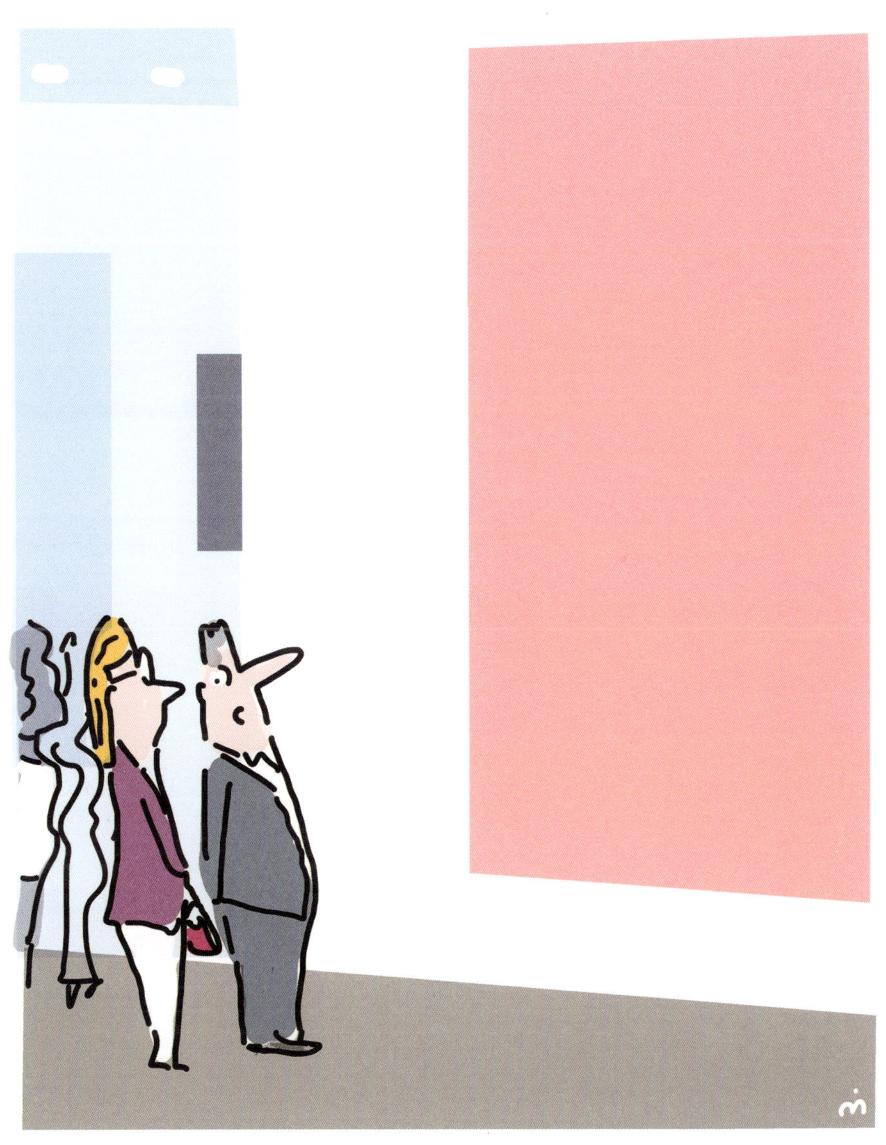

Hattest Du nicht gesagt, es gäbe Lachshäppchen?

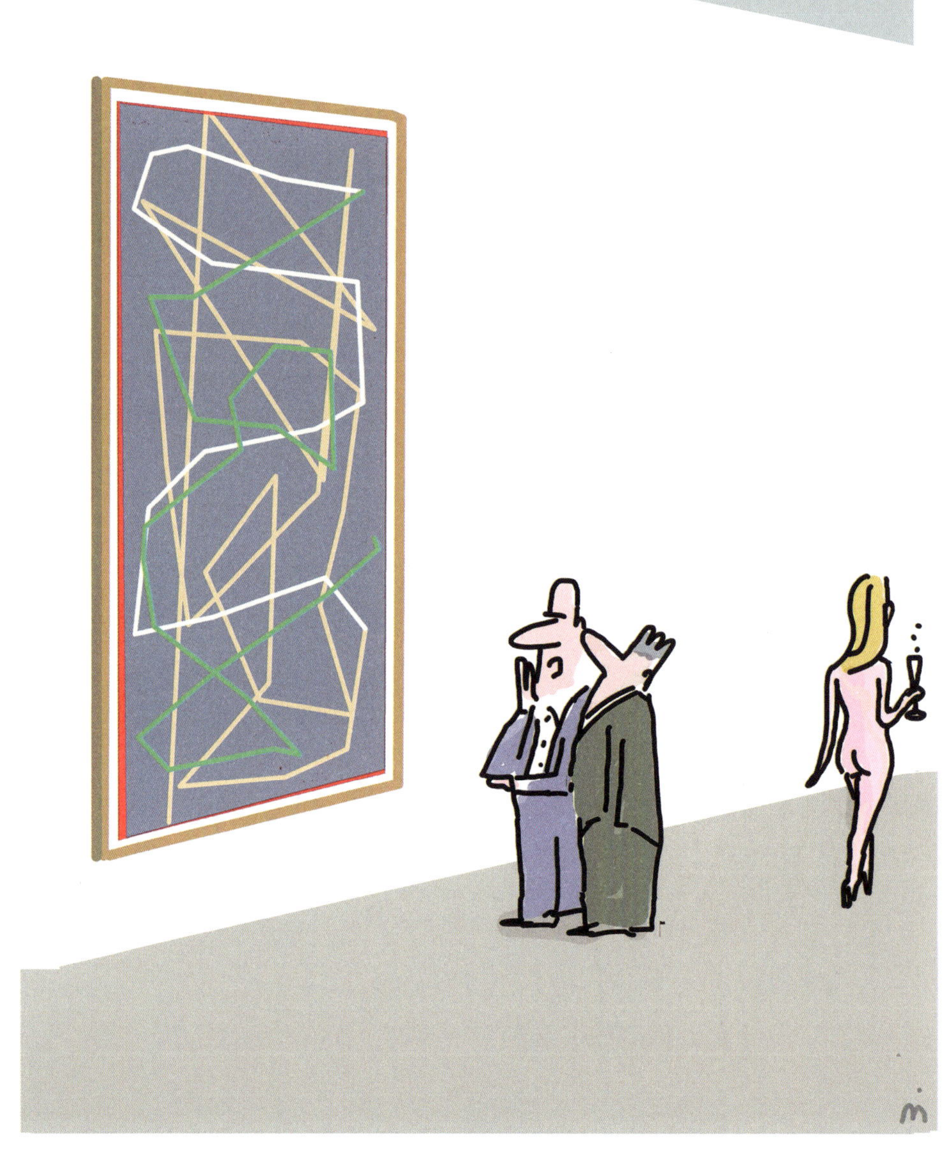

Nicht umdrehen … Das war gerade Helene Fischer, nackt!

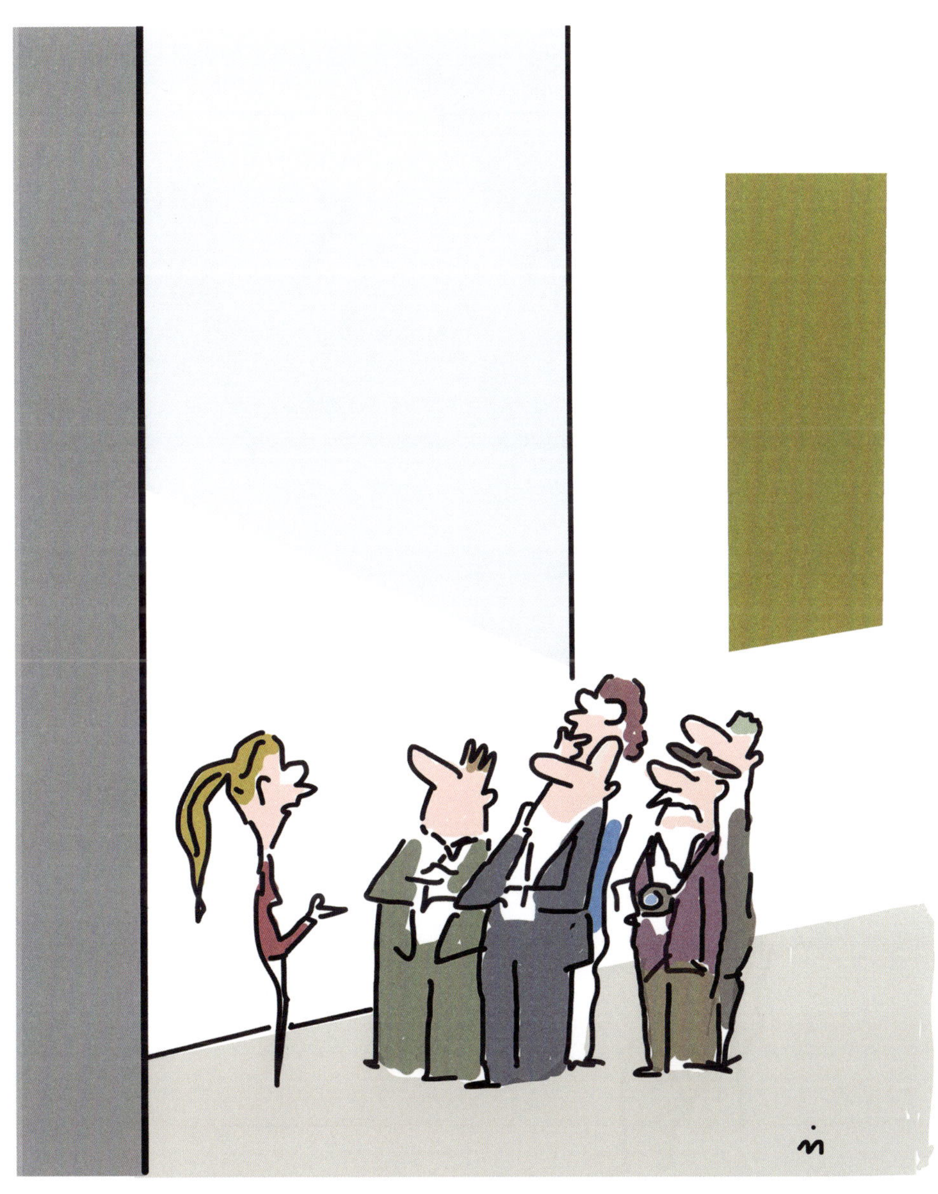

Es sieht aus wie ein Matisse, aber wie ich bereits erwähnte, die Frau des Stadtdirektors malt auch.

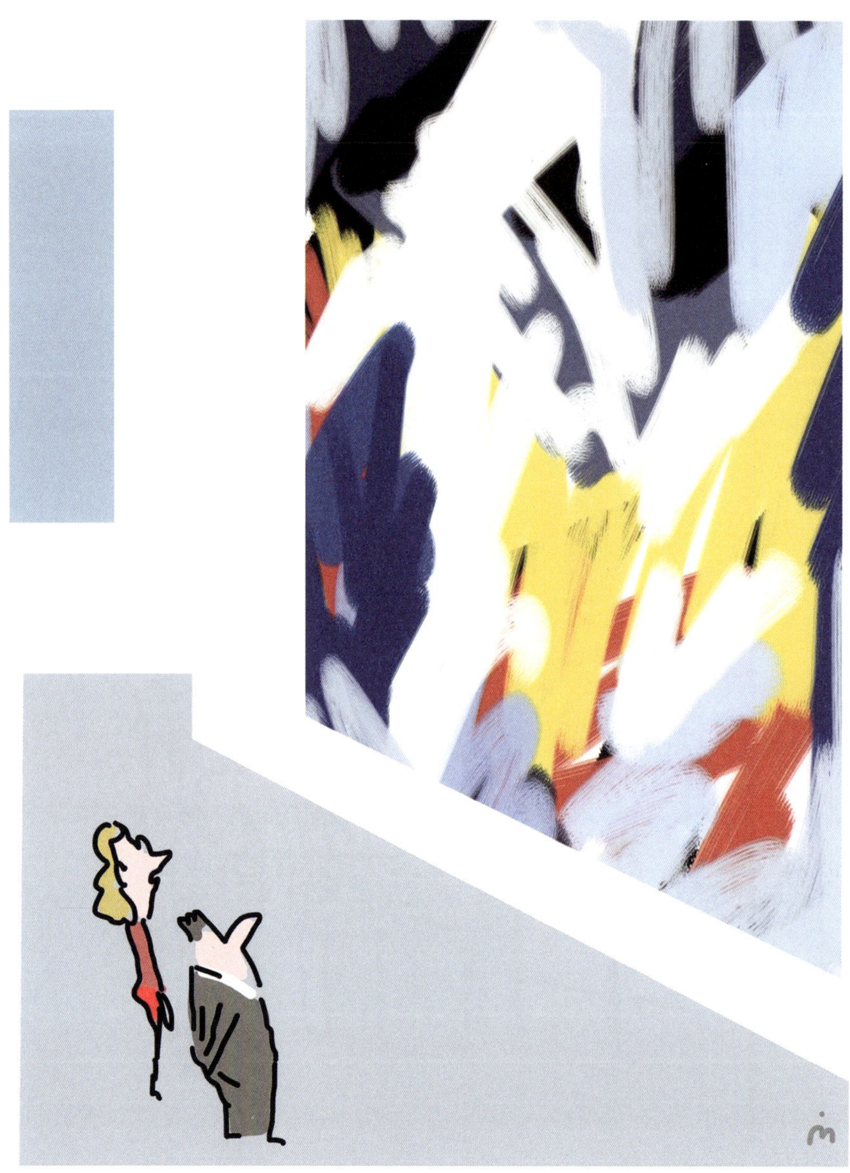

Ich stehe jetzt hier eine halbe Stunde und revidiere meine Meinung: Es ist doch Kunst!

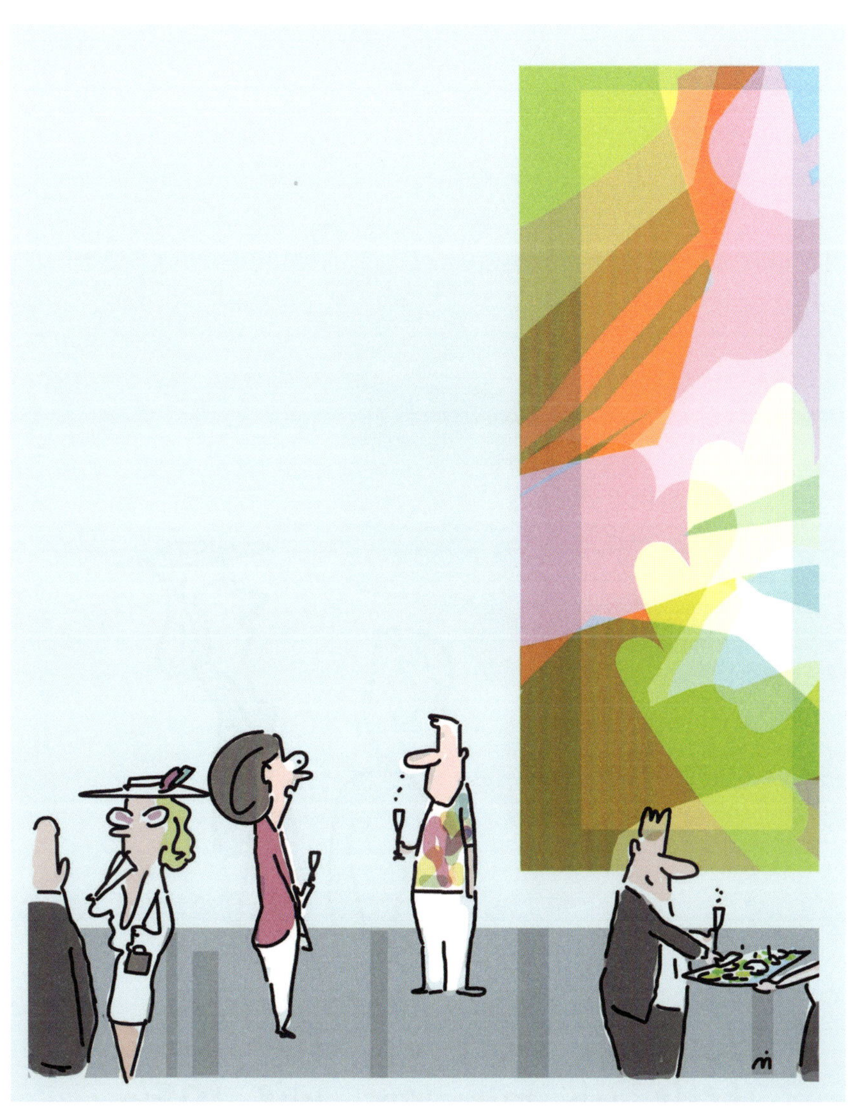

50 Prozent der Gespräche
drehen sich um Ihre Kunst...
Das ist doch großartig!

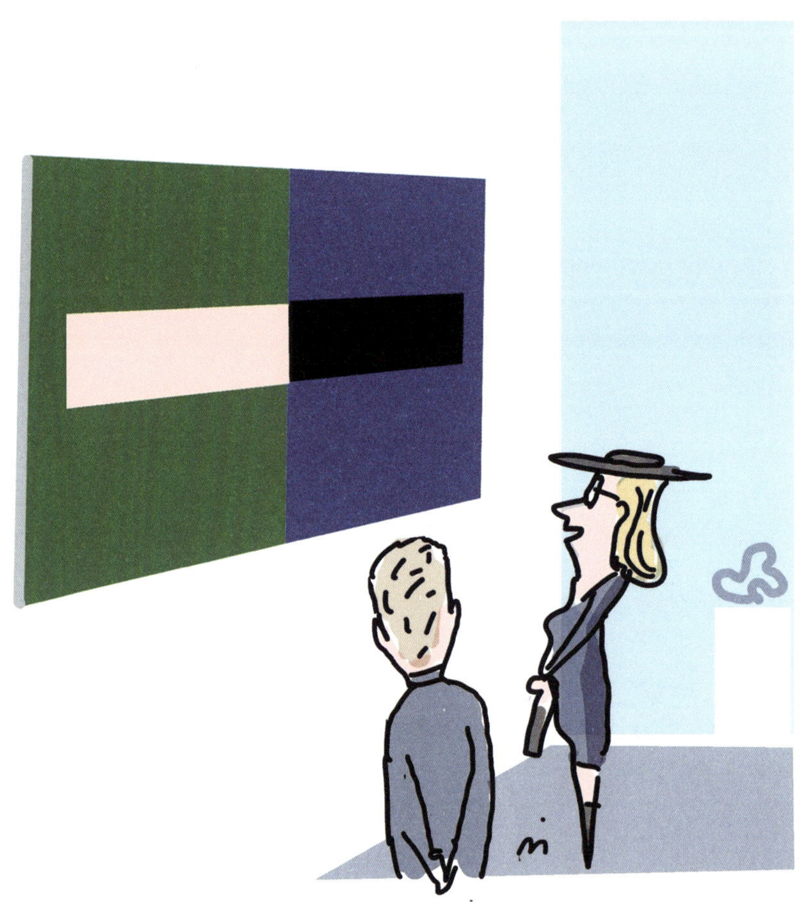

Übers Sofa passt es. Aber dann stelle ich mir vor, wie mein Mann da sitzen wird: Mit Tennissocken und im Bademantel vom 1. FC Köln.

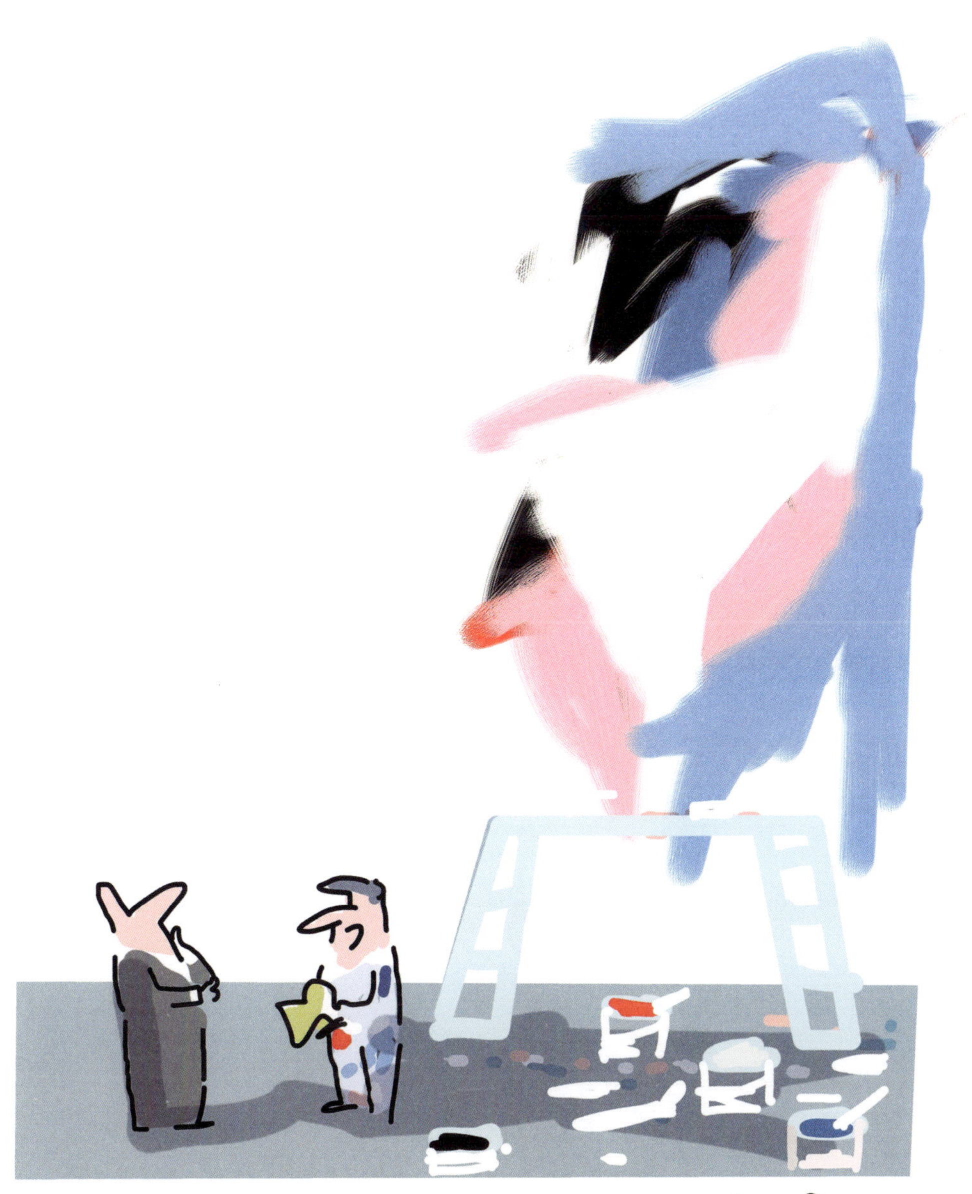

Ist es fertig? Was meinen Sie?

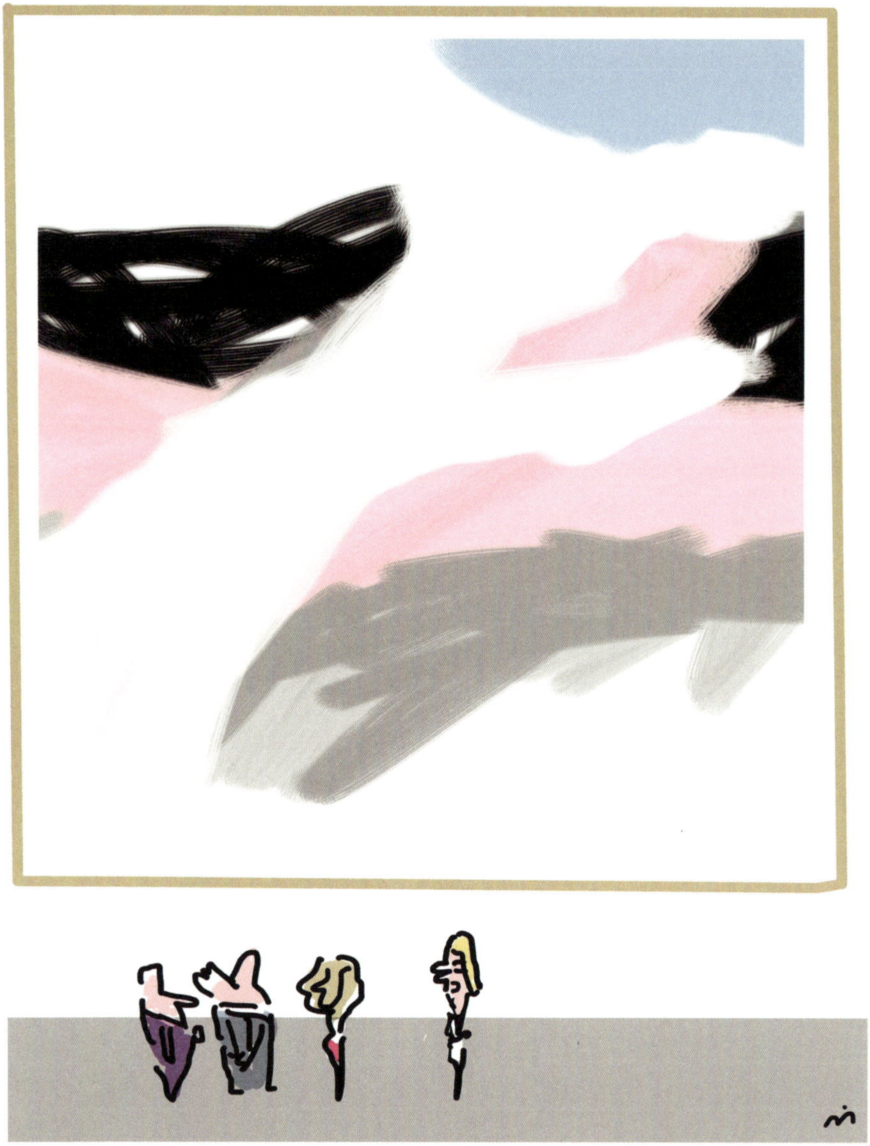

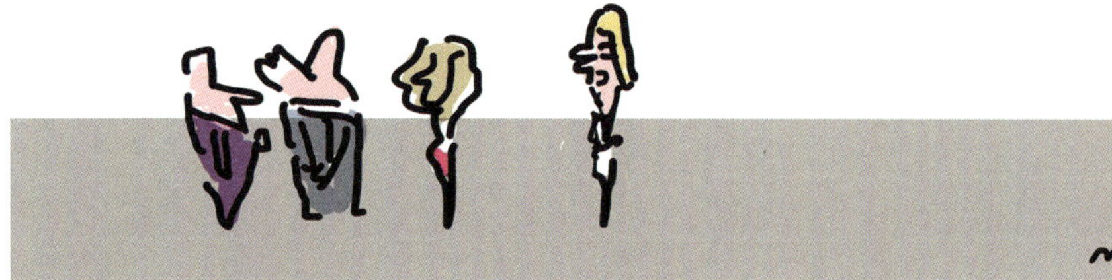

Dann gab es auch Stimmen im Kulturausschuss, das Bild wäre auf Grund seines Weiss-Anteiles rund 50 Prozent zu teuer.

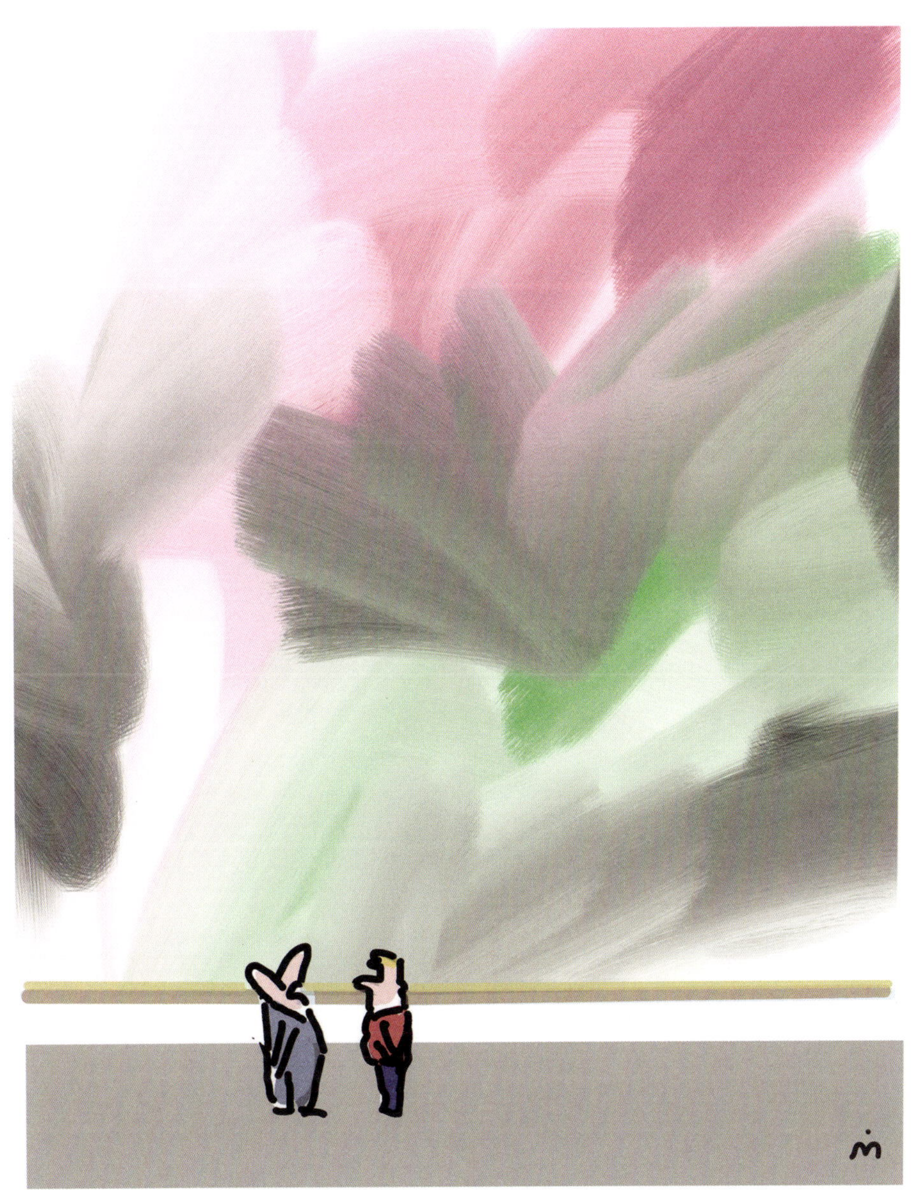

Wenn alles nur noch ein Kompromiss ist, wie gut tut da die Kunst!

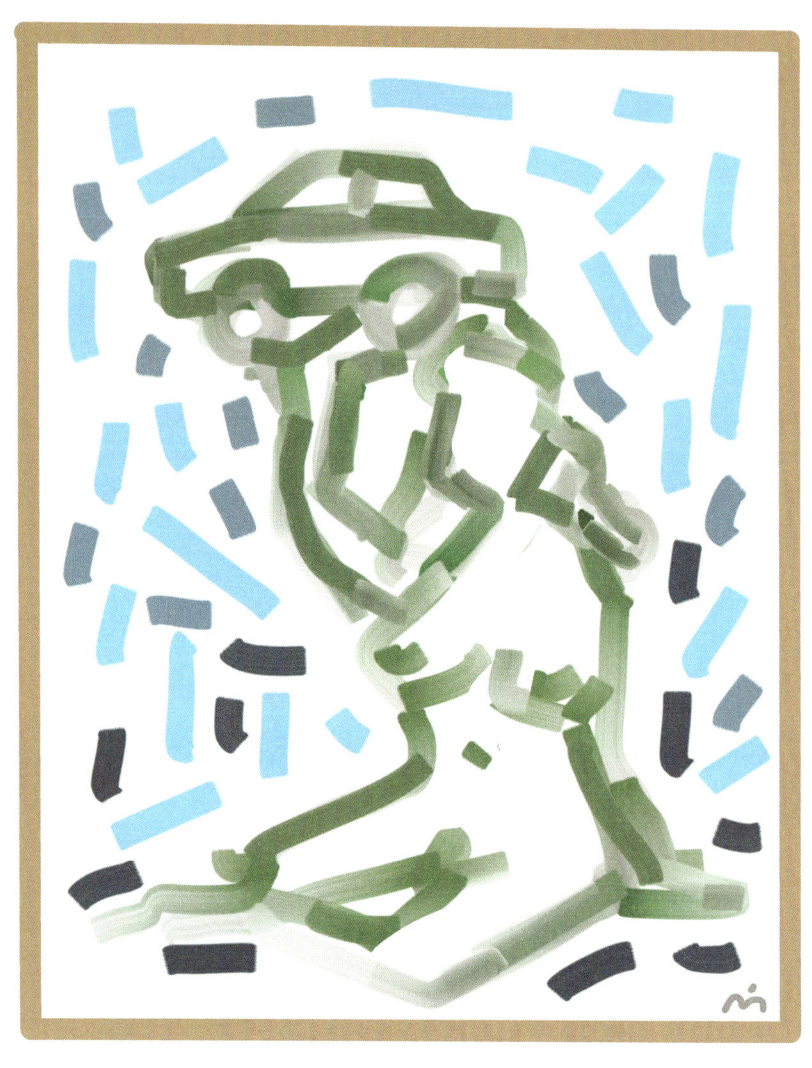

Bilder, deren Ankauf im letzten Moment gestoppt wurde – hier für die KFZ-Zulassungsstelle in Uelzen.

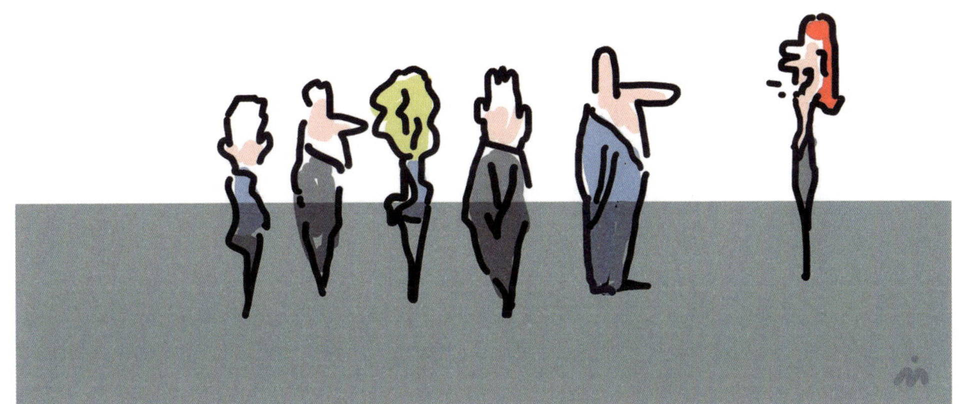

Es dominieren hier die sanften Töne. Die Wirkung wäre noch intensiver, wenn Sie einfach mal die Klappe halten.

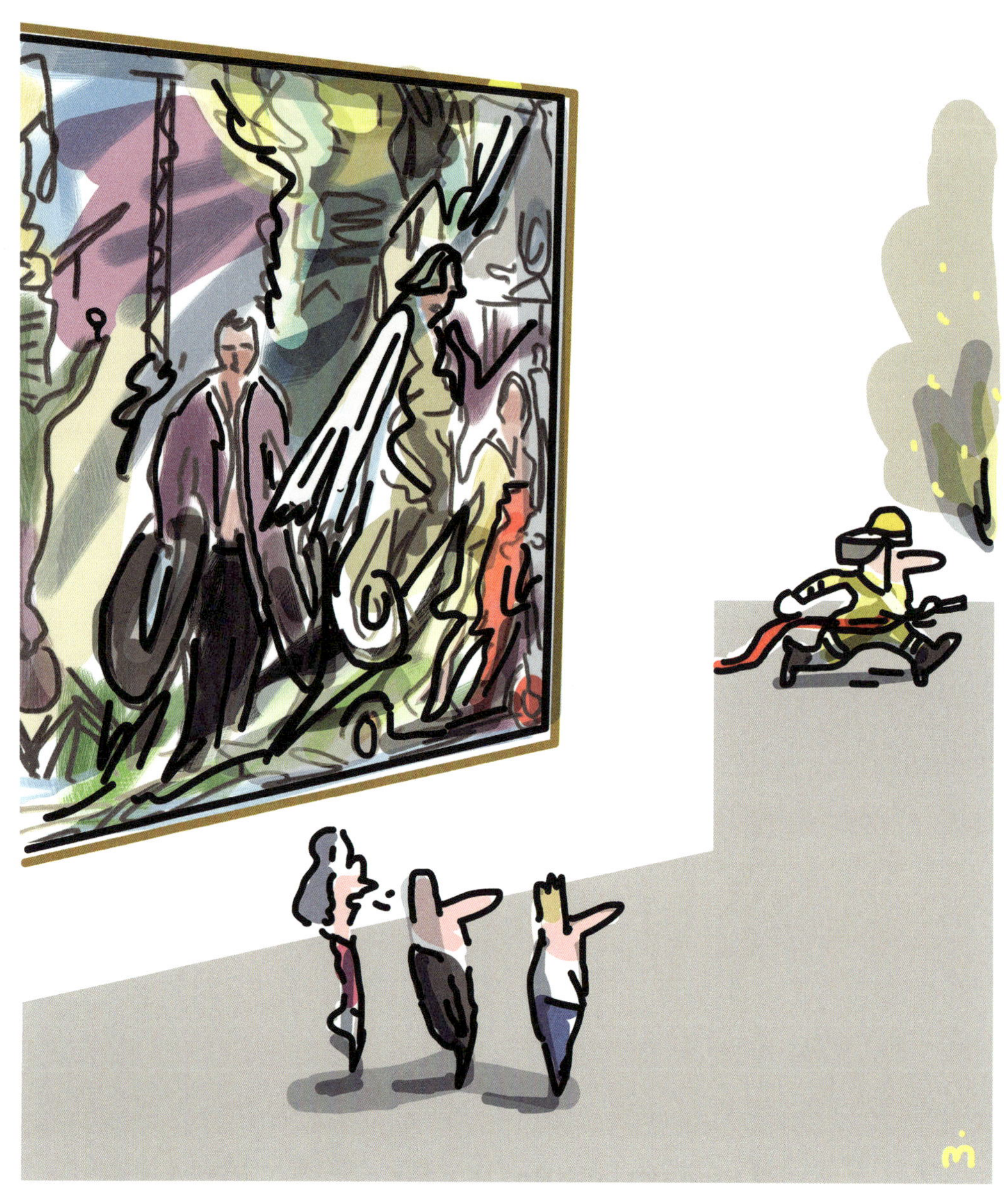

Ich hab das schon Lange Kommen sehen: Wo ein Rauch ist, ist auch Feuer!

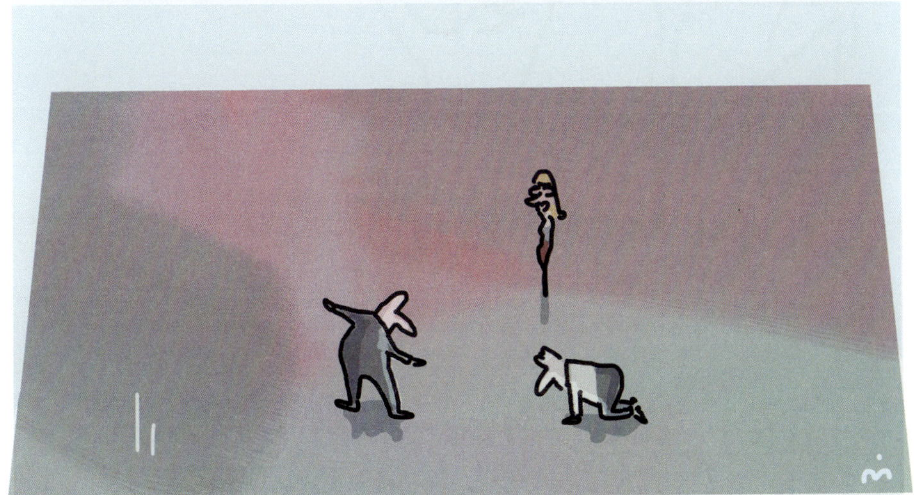

Passen Sie ein wenig auf:
Sie bewegen sich in der Kunst...
– Ein verdammt rutschiges
Terrain!

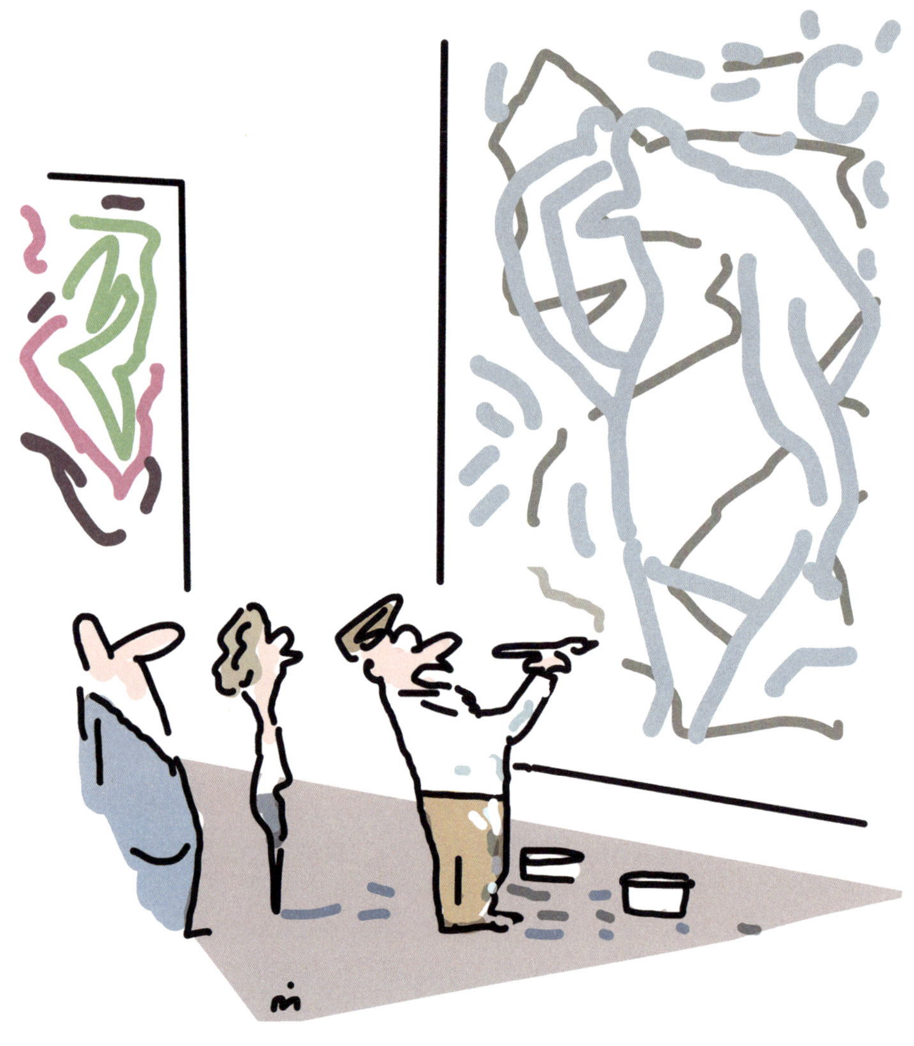

Was das Bild darstellt,
ist noch nicht entschieden.
Meistens hat mein Galerist
eine gute Idee.

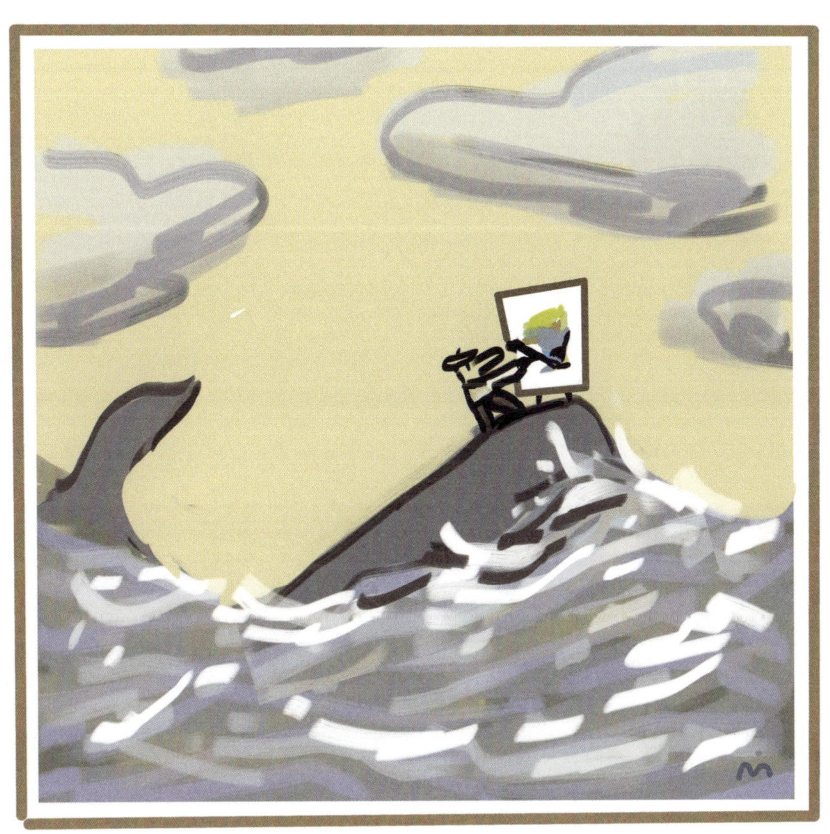

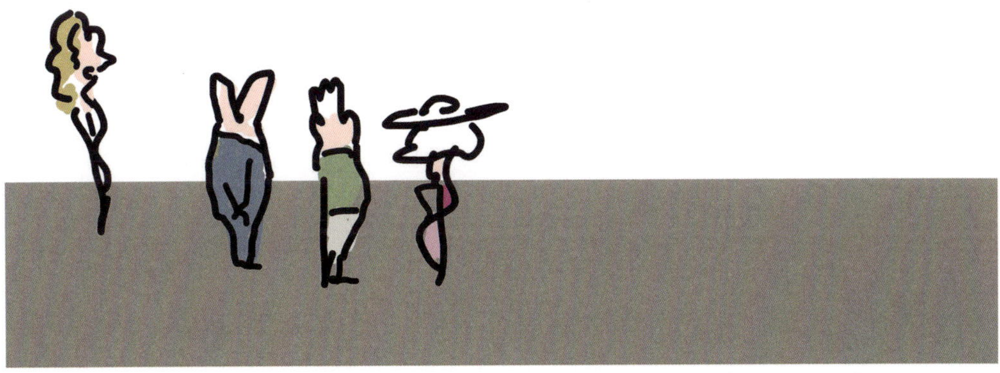

Hier sehen Sie einen Vertreter der sogenannten „Dramatischen Malerei".

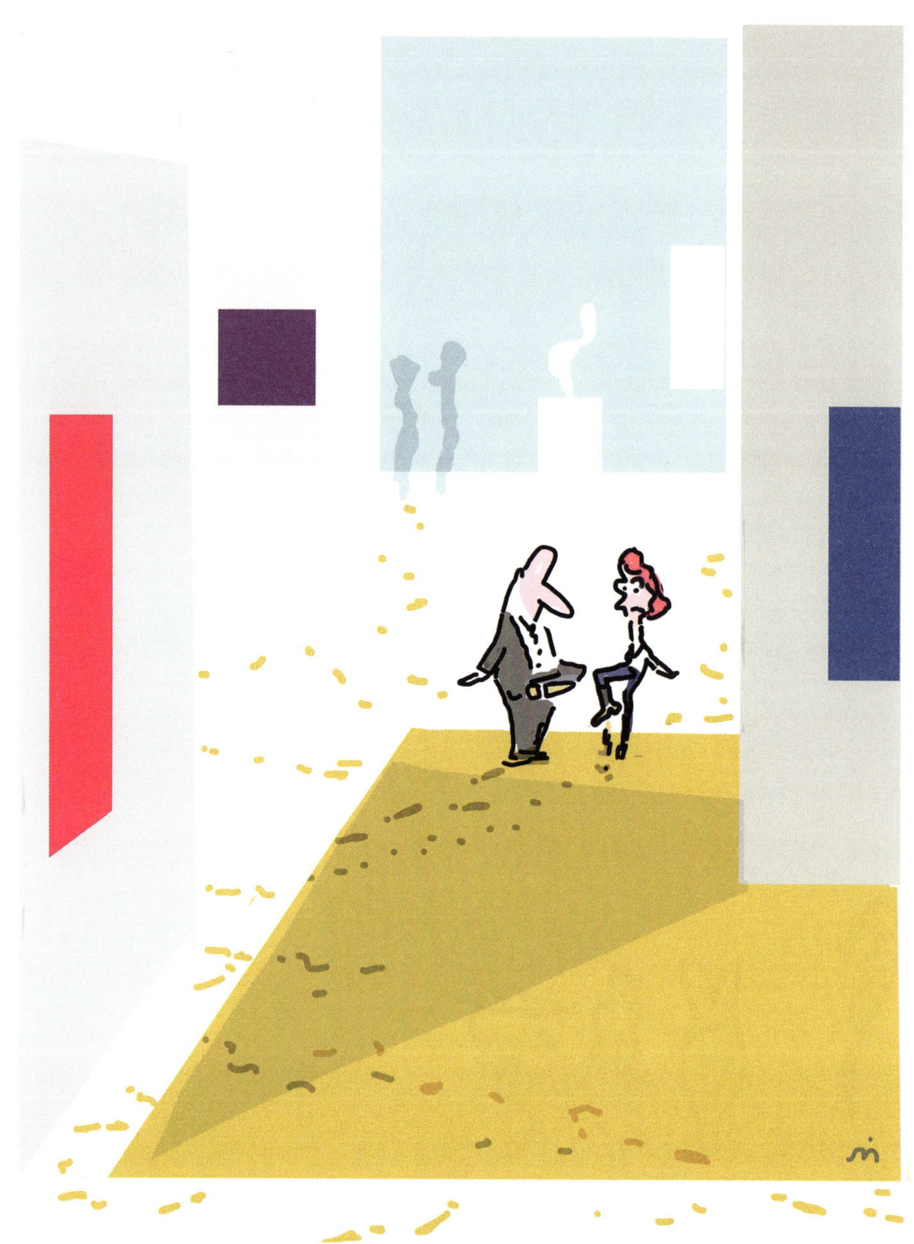

Art Basel mit Düsseldorfer Löwensenf

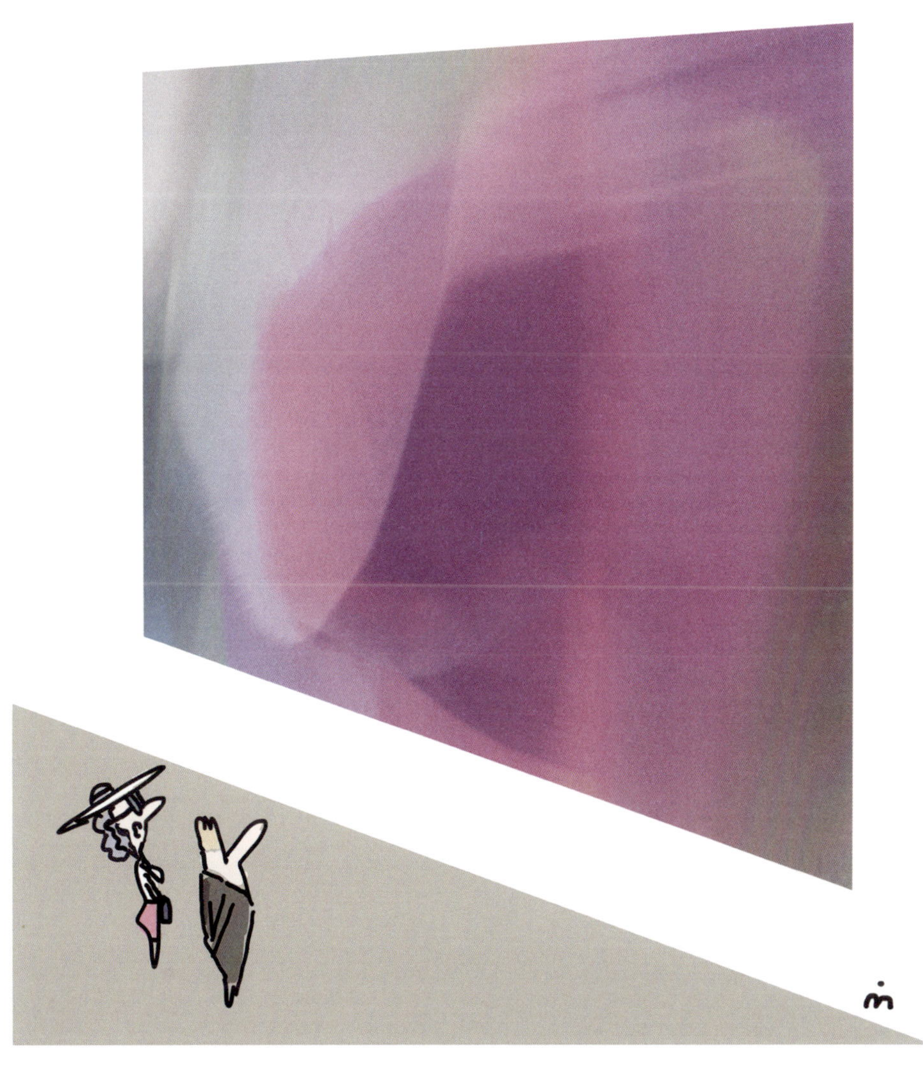

Es ist Kein Dalí. Oder siehst Du irgendwo eine brennende Giraffe durchs Bild Laufen?

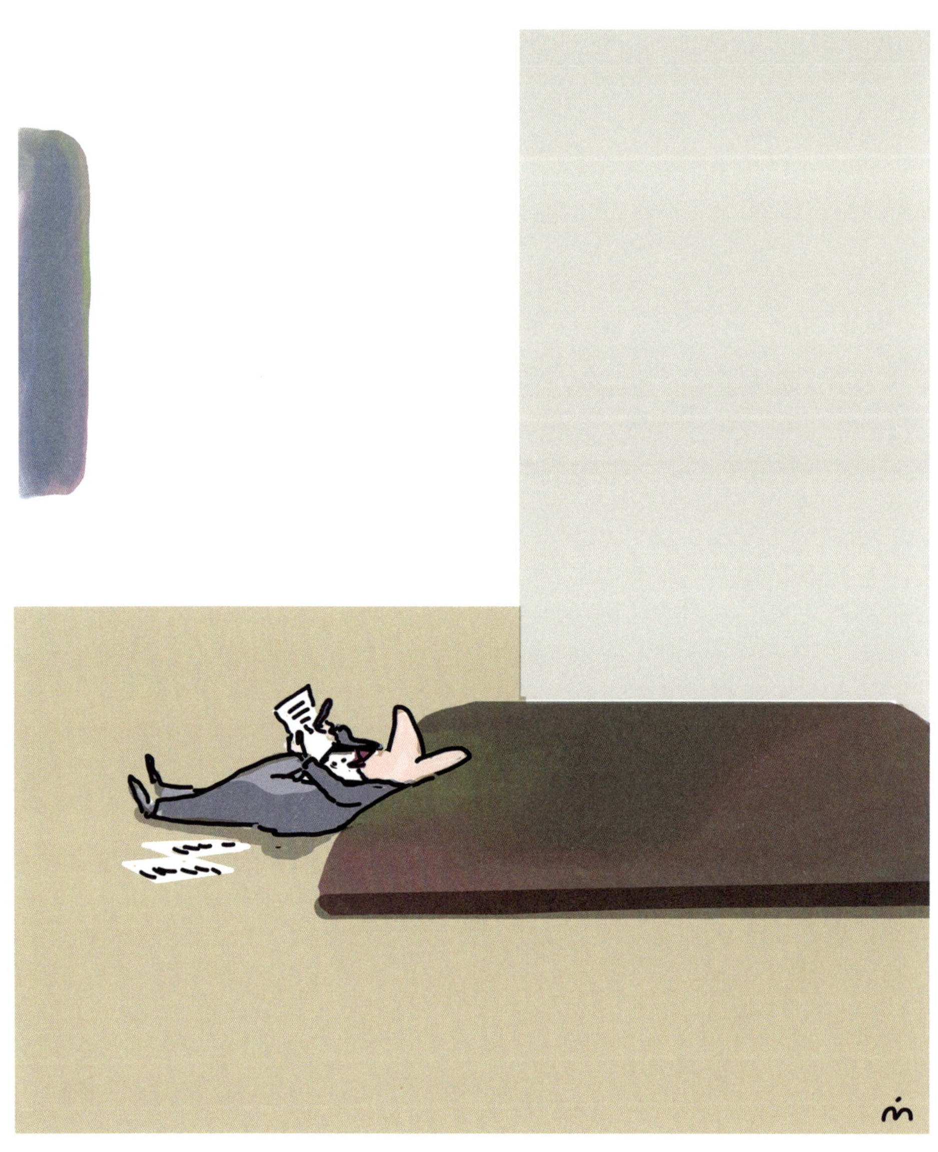

Nur wenigen Kunstkritikern war es vergönnt, wirklich qualifiziert über Graubners Farbkissen zu schreiben.

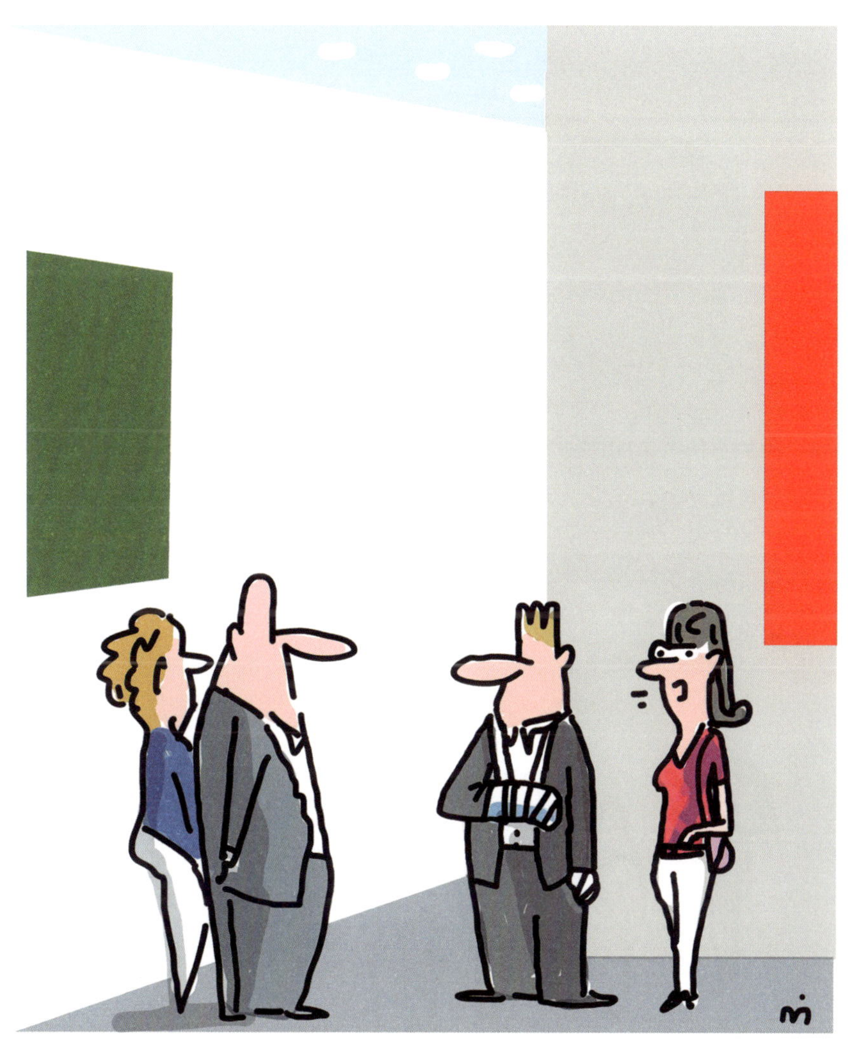

Wir waren in einer Uecker-Ausstellung und danach meinte mein Mann: Das kann ich auch!

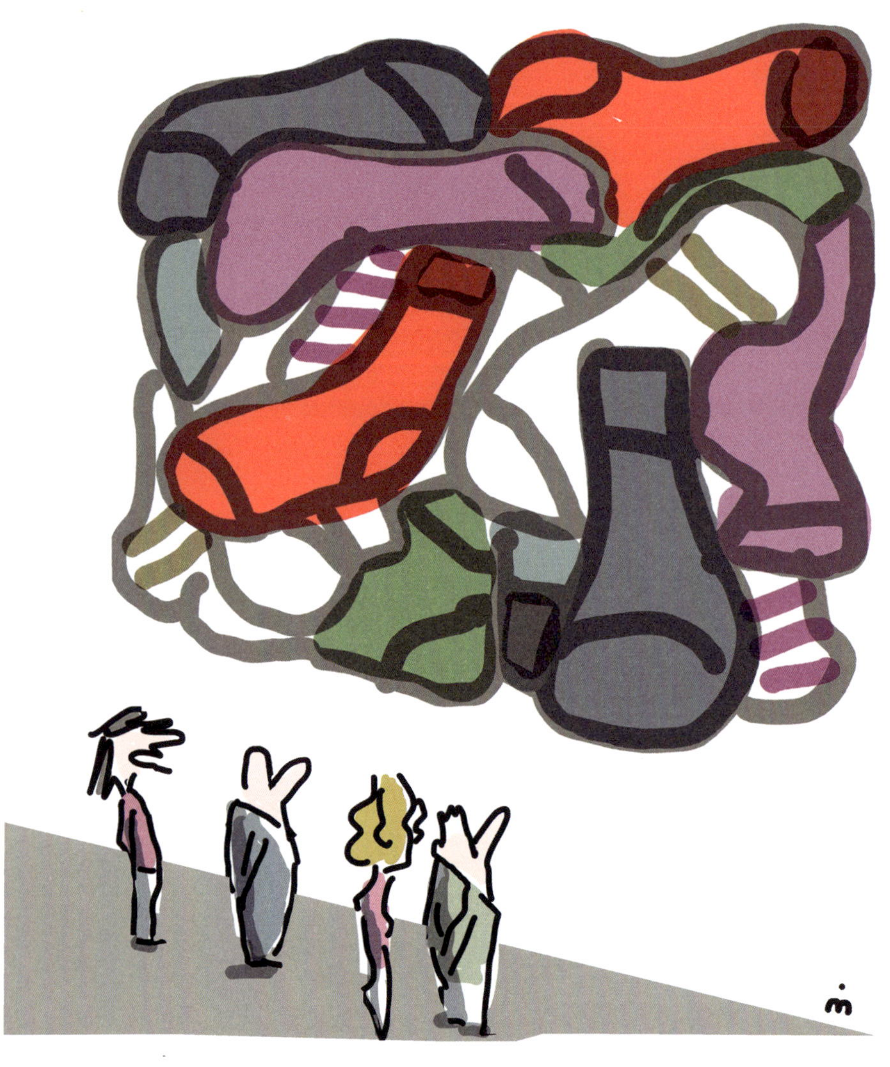

Ich stand vor der Entscheidung, Socken zu sortieren oder das Ganze künstlerisch anzugehen.

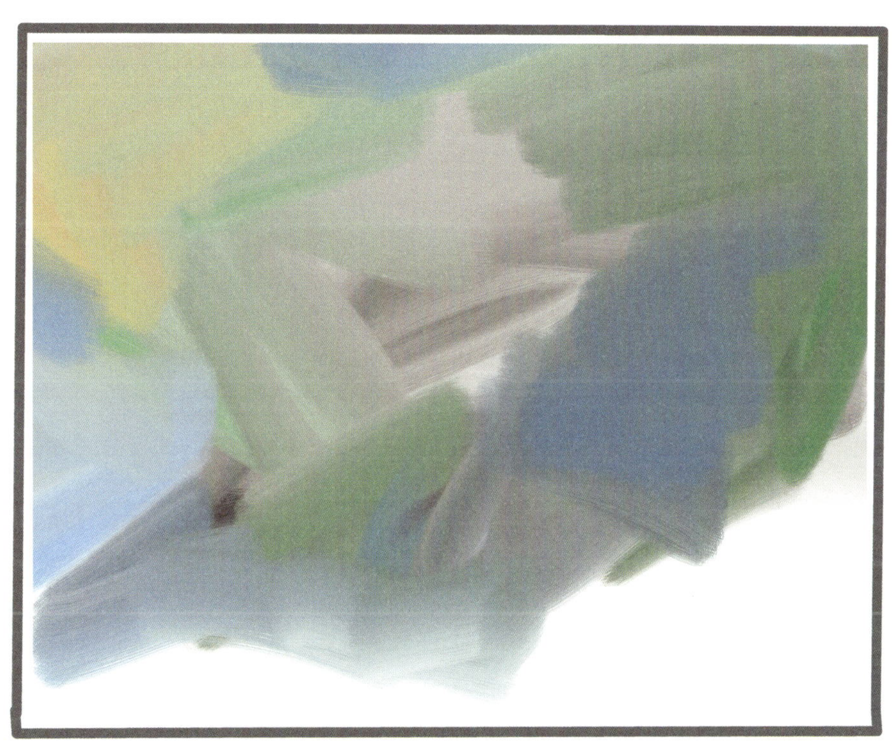

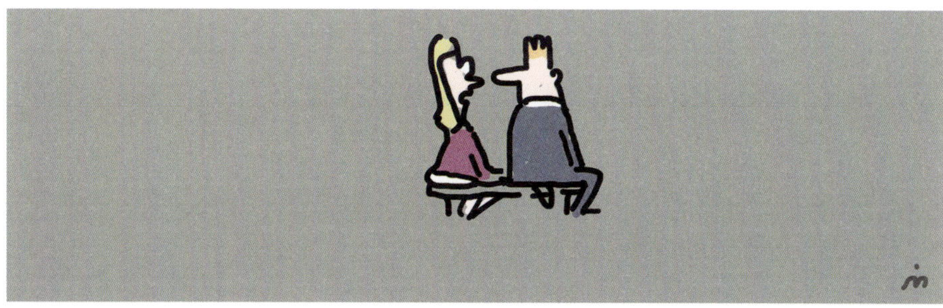

Schatz, deine Bilder sind auch schön. Sie sind nur nichts zum Aufhängen.

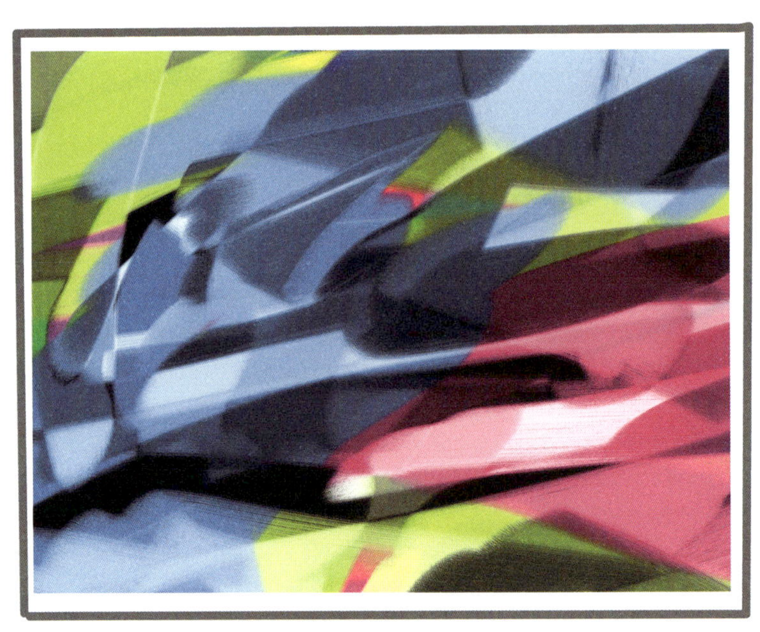

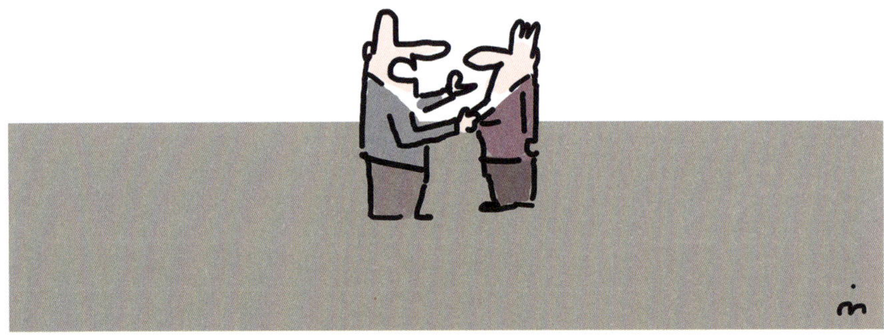

Sie können doch nicht kommentarlos eine 40-köpfige Busgruppe vor diesem Bild hier zurücklassen...
Wo sind die denn jetzt?

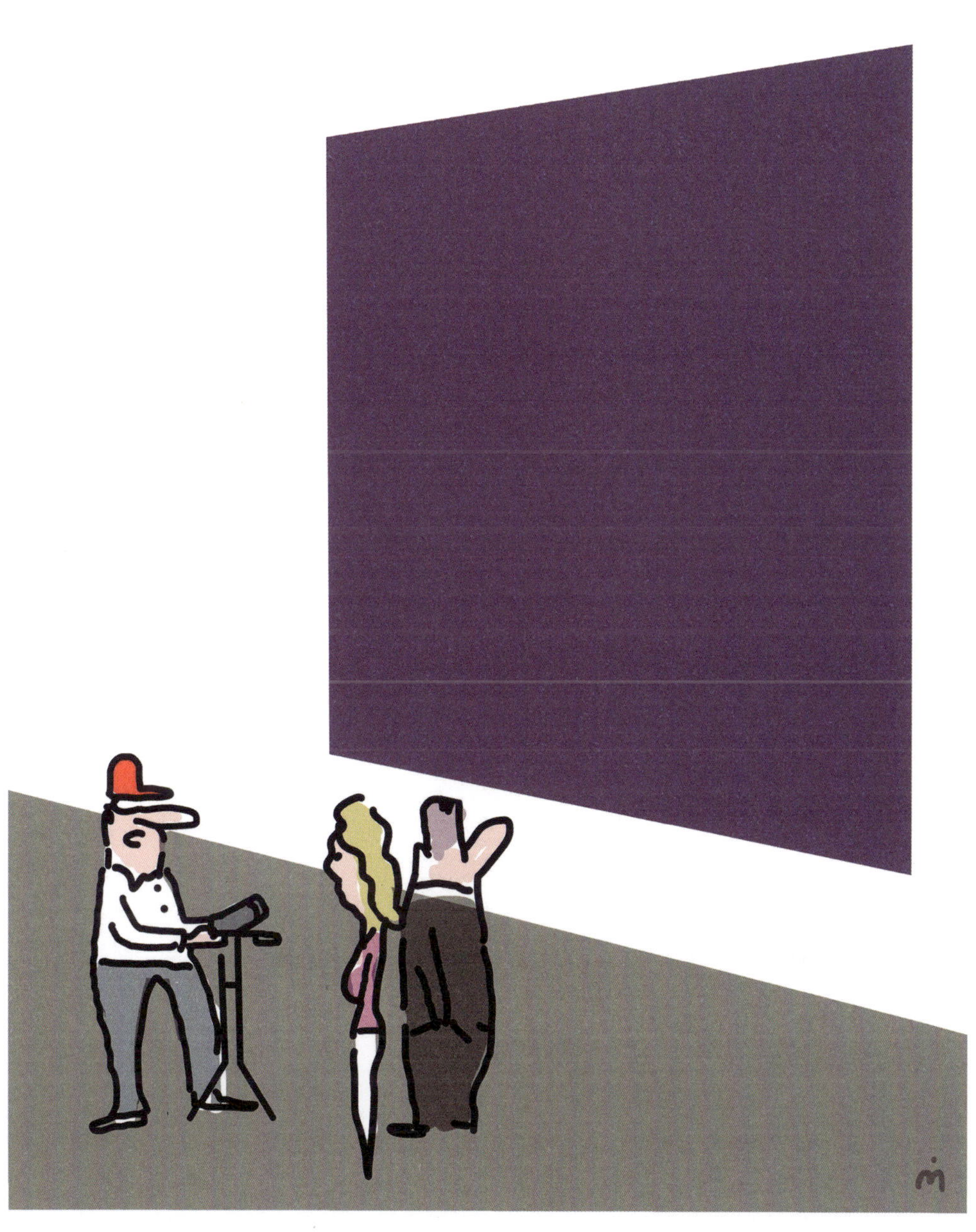

Es wird ein eher minimalistischer Film: 90 min, HD, keine Handlung, keine Personen, nur Standbild.

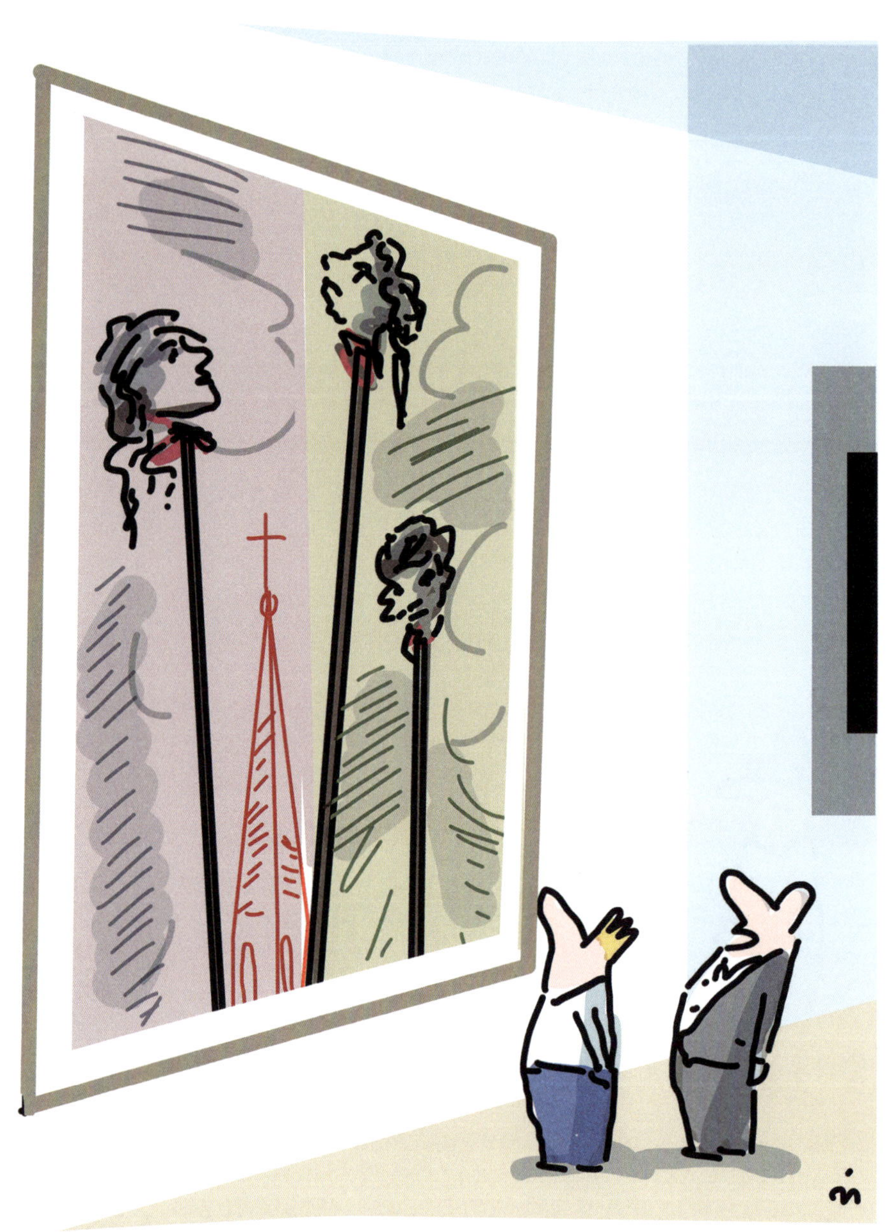

Ich Liebe Polke. Wäre das nicht was für unser Büro?

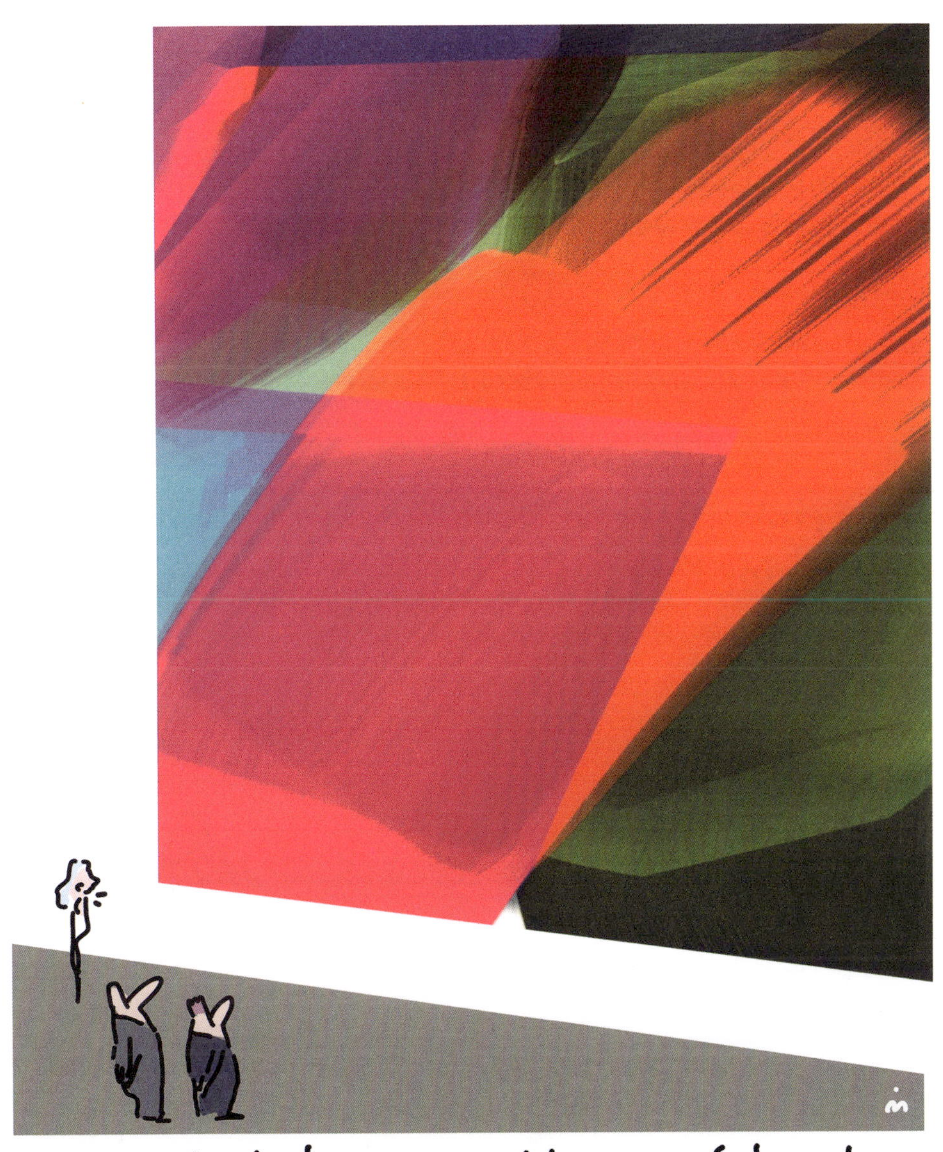

Jahrzehntelang malte er Schach-
bretter, bevor ihm dieser
Befreiungsschlag gelang.

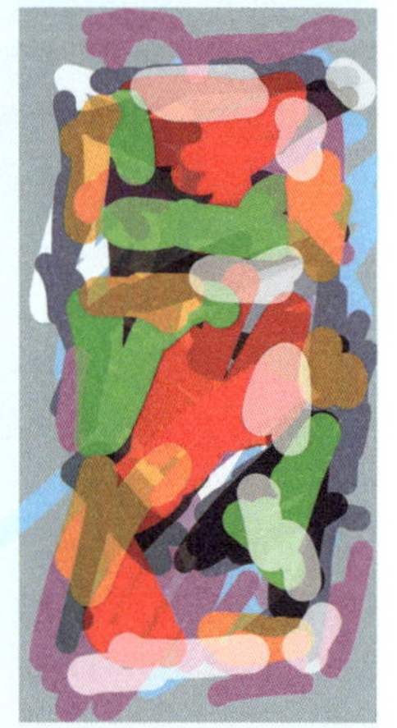

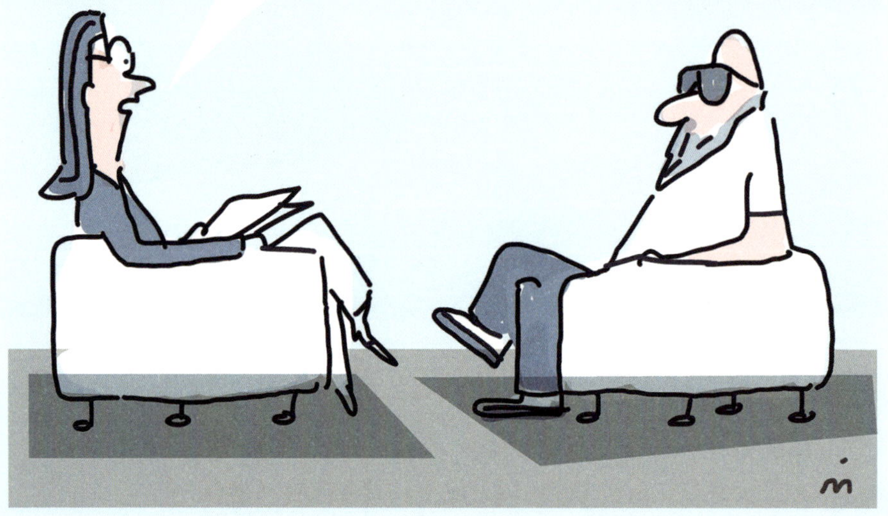

Sie hatten Ihre Ausstellung im Louvre, auf der Biennale und im Guggenheim… wann hatten Sie das erste Mal das Gefühl: Das bin ich nicht – ich bin kein Künstler…

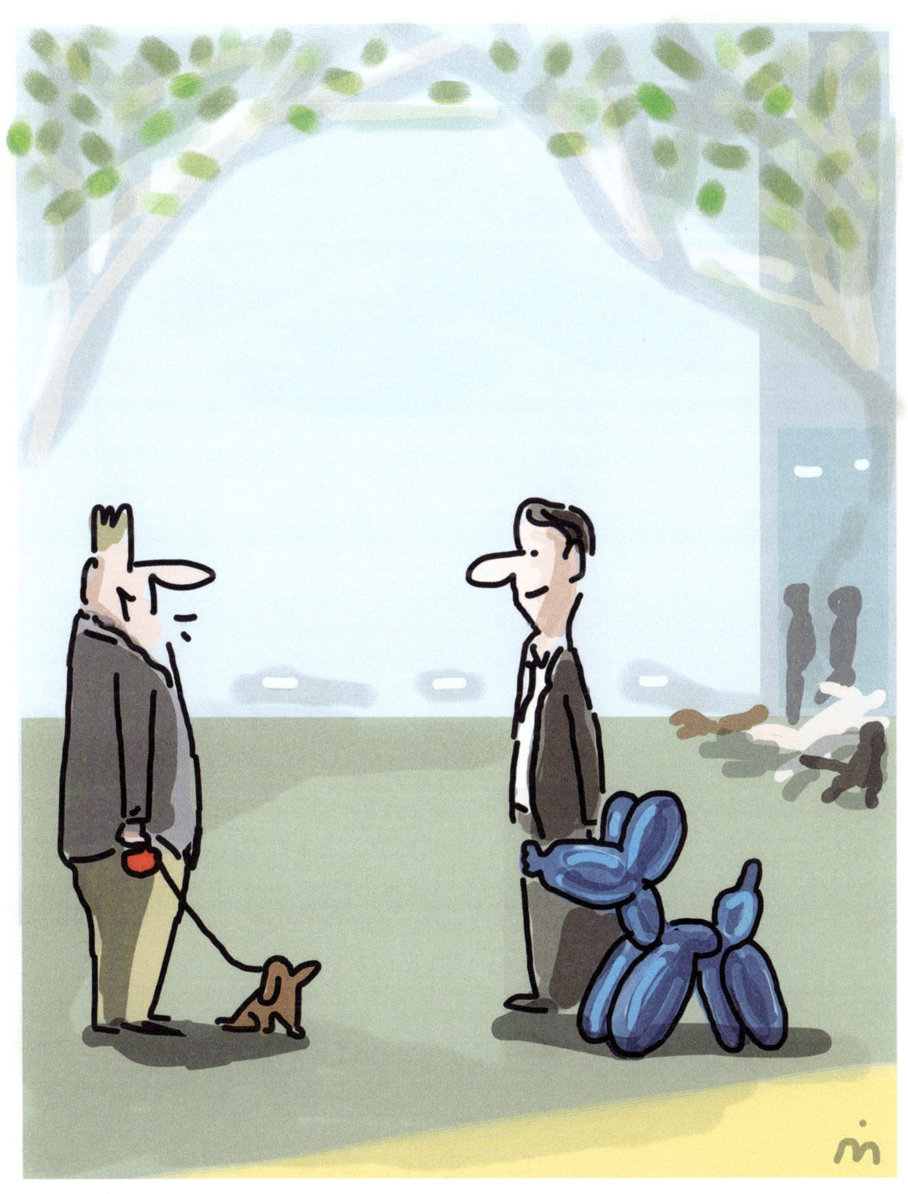

Jetzt hören Sie aber auf,
Sie sind Jeff Koons?

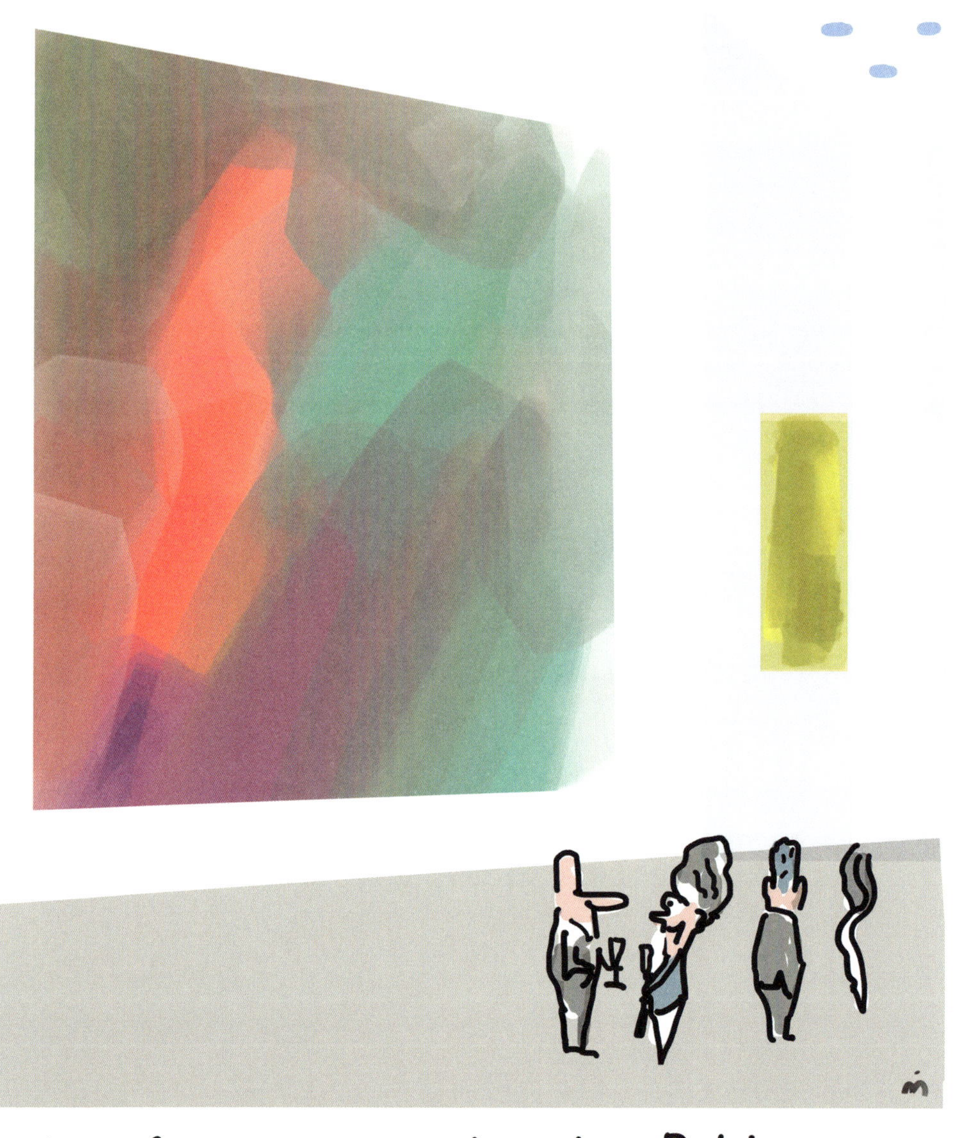

Die Sammlung, in der die Bilder von meinen Mann vertreten sind, Kommt jeden Donnerstag. Dann stelle ich einfach alles vor die Tür.

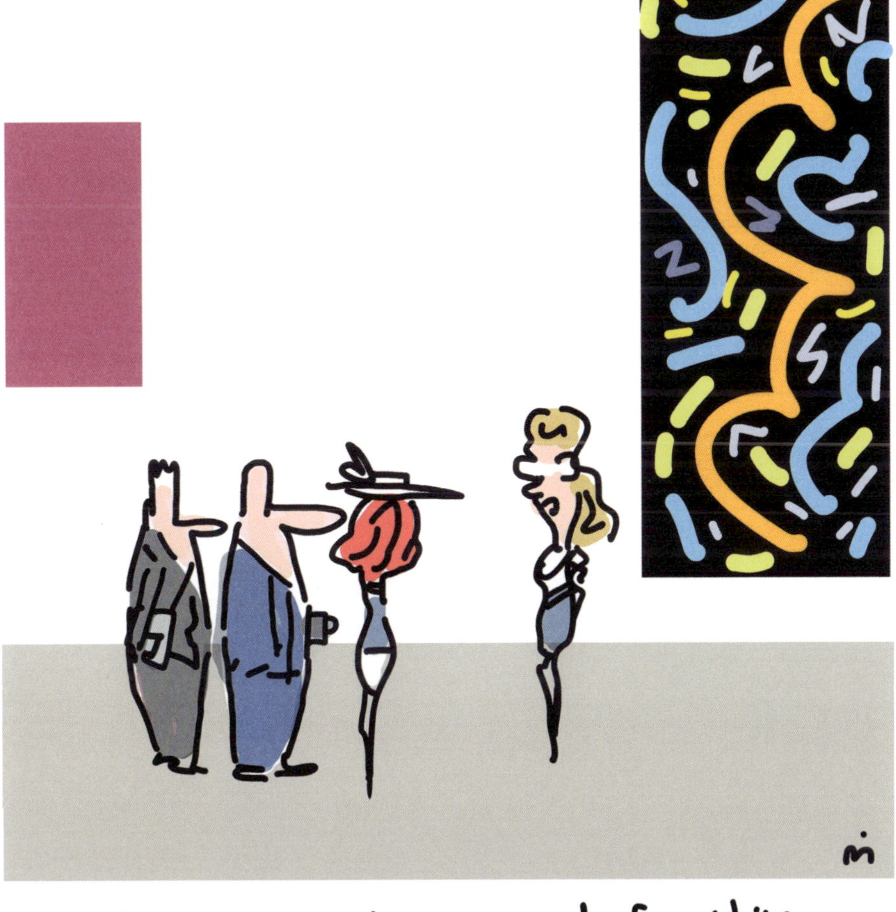

Kommen wir zum definitiv letzten Bild der Ausstellung. Es trägt den Titel: Wenn der Mond auf die Erde knallt.

Tatsächlich: Das Museum hat seit zwei Minuten geschlossen …

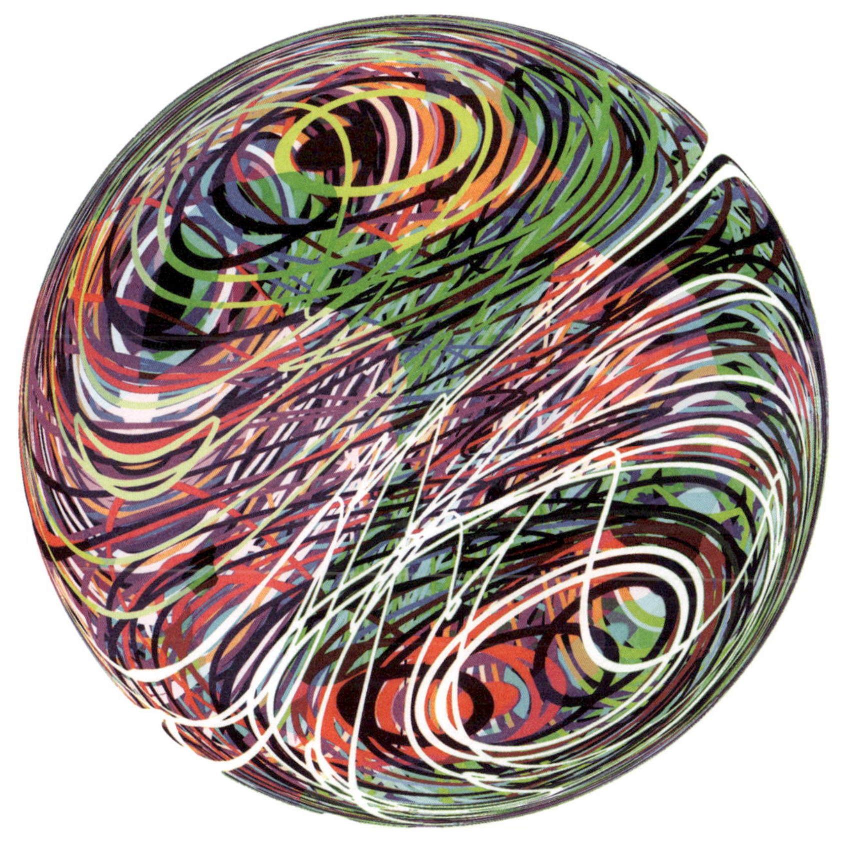

Dirk Meissner lebt und arbeitet als freier Cartoonist in Köln. Nach seinem Ökonomiestudium veröffentlicht er mehrere Cartoon-Bände mit dem Titel ***Manager at work*** und ***Der letzte Leistungsträger***. Seit 2006 arbeitet er regelmäßig für die Süddeutsche Zeitung. Er wurde mehrfach ausgezeichnet, unter anderem mit dem 2. Preis beim ***Deutschen Karikaturenpreis 2009***. Seit 2015 ist er Mitglied der ***International Society for Humor Studies***.

Er ist verheiratet und hat zwei mittlerweile erwachsene Töchter.

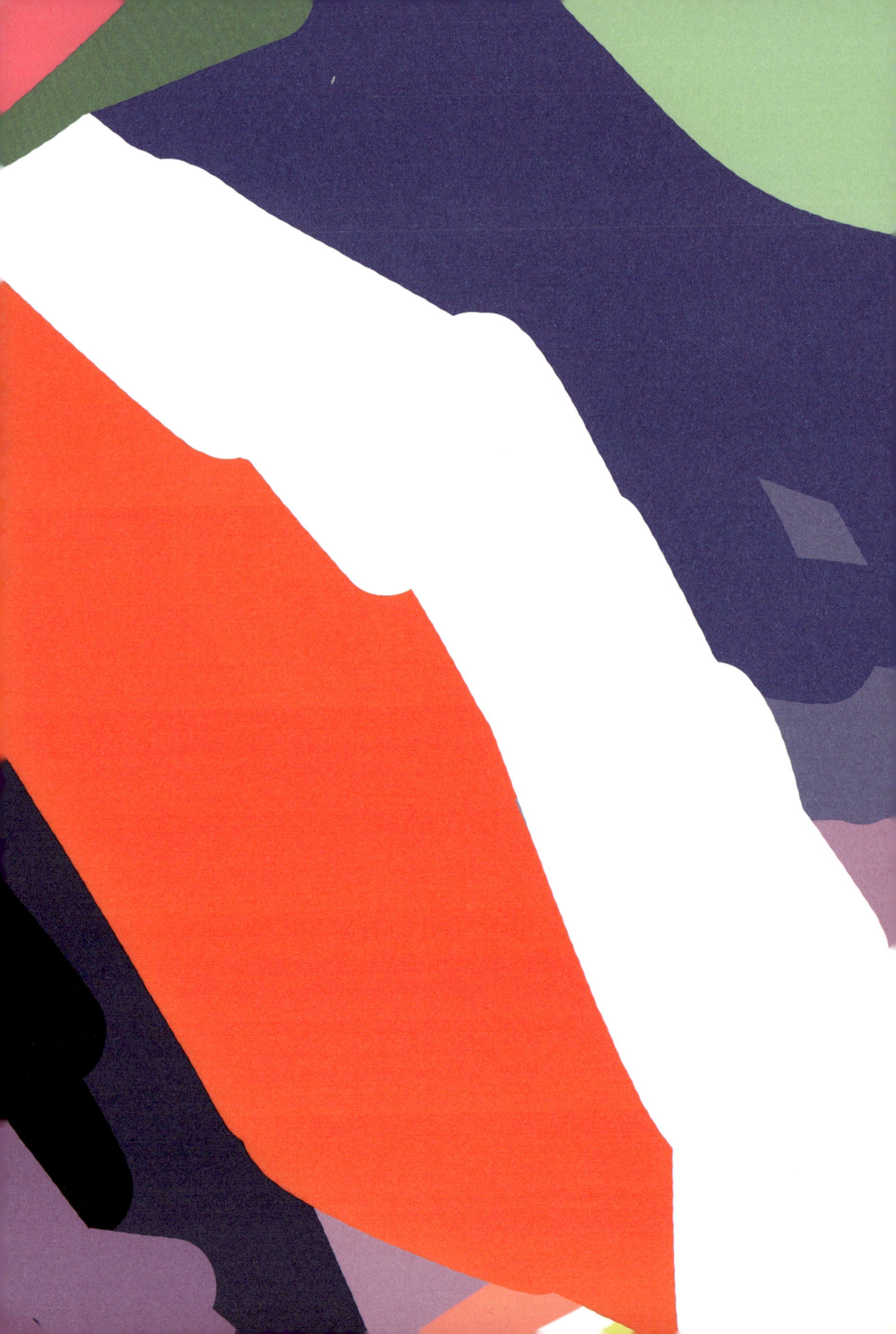